AF200536

One Way nach Mallorca

Traum oder Albtraum

Danke

Ich bedanke mich - zu aller erst bei meinem Mann, denn ohne ihn würde es dieses Buch nicht geben;

bei meinen Kindern, die immer an mich geglaubt haben und mich in meinem Vorhaben Bücher zu Schreiben, immer gestärkt haben;

➢ unserer Schwiegertochter, die uns erste Kontakte zu anderen Autorinnen hergestellt hat;
➢ für die tolle und tatkräftige Hilfe sowie aufmunternde Worte
Maciej Marek Lysakowski & Jörg Menke-Peitzmeyer
➢ und ganz besonders für die Beratung den Autorinnen:
➢

Mira Morton
Kara C. Cowan Gillian
Marion Schreiner
Bea-Te Majewski

Lektorat: Michaela Hübner
Und „Maya" für den Titelvorschlag
Vielen Dank!

3

Karin Hübner

One Way nach Mallorca

Traum oder Albtraum

Bibliografische Information der Deutschen Nationalbibliothek: Die Deutsche Nationalbibliothek ver-
zeichnet diese Publikation in der Deutschen National-
bibliografie; detaillierte bibliografische Daten sind im
Internet über dnb.dnb.de abrufbar.

© 2017 Karin Hübner
Herstellung und Verlag:
BoD – Books on Demand, Norderstedt

ISBN **9783746047522**

One Way nach Mallorca

Traum oder Albtraum

Personen

Karin	Ich als Erzähler
Robert	mein Mann
Monik	Tochter
Alexander	Sohn
Roman	Sohn
Lulu	Freundin
Heinz	Ex Schwiegersohn
Heiko	Roberts Arbeitgeber
Julie	Enkeltochter und Tochter von Monik
Jason	Enkelsohn und Sohn von Monik
Briana	Schwiegertochter und Frau von Roman
Olivia	Schwiegertochter und Frau von Alex
Olli	Schwiegersohn und Ehemann von Monik
Rosi	Gute Freundin
Sandra	Freundin
Jerry	Sohn von Sandra
Marcus	Ehemann von Rosi
Aaron	Freund

One Way nach Mallorca

Traum oder Albtraum

Eine wahre Auswanderergeschichte von einem Ehepaar,was sie erlebten und welche Katastrophen sie erfahren mußten, bis sie ihren Traum verwirklichen konnten!

Vorwort

Zum Nachdenken, zum Überlegen und auch als Tipp an diejenigen, die noch auswandern wollen.

Tschüss Deutschland
auf andere Art und Weise, die Wahrheit vom Leben unter Palmen, dort „wo andere Urlaub machen, Sonne, Strand und Meer!"

Hätte uns jemand vor 30 Jahren gesagt, dass wir nach Mallorca auswandern, dann hätte ich nur laut gelacht!
Nun - 13 Jahre auf Mallorca - eine der schönsten Inseln weltweit. Wurden wir auch glücklich auf der Insel, sind wir dort geblieben? ....Wie geht es uns Heute?

Ich sitze auf der Terrasse unserer Wohnung auf Mallorca, was sag ich „Wohnung", das ist ein Chalet, ein Traum von Wohnung, die wir nur durch Zufall für ein halbes Jahr bewohnen dürfen. Das hat unsere Tochter durch ihre Kontakte ermöglicht.

Wir leben nun seit 15 Jahren auf Mallorca, dieser wunderschönen Insel, und diese Wohnung übertrifft einfach alles, manches mal denke ich dass ich Träume.
Ich genieße jeden Tag von diesem ursprünglichen Ausblick, die arabische Bauweise, wir sehen auf die Burg von Capdepera; einfach das „ursprüngliche Spanien"! Diese Zeit hier werde ich nie vergessen und bin dankbar dafür, unendlich dankbar!

Leider war von Anfang an die Zeit hier begrenzt, und obwohl ich das wusste, weiß ich jetzt schon, dass mir der Abschied von hier schwerfallen wird.
Aber, alles hat seinen Sinn, und wenn es nur eine Auszeit war, so kommt es mir jedenfalls vor. Aber O.K., ich genieße bzw. „wir" erst einmal hier jeden Tag.
Und nun zurück zu unserem Abenteuer >Ausgewandert nach Mallorca< !

Kapitel 1
Wir

Ich - Karin und Robert - mein Mann, wir waren trotz unseres fortgeschrittenen Alters, immer noch miteinander glücklich. Wir wussten, dass Deutschland uns nichts mehr gibt. Eine starke Sehnsucht nach Veränderung brachte uns auf den Gedanken unsere Heimat zu verlassen. Wir zogen mit Hund und Katz aus und fanden auf Mallorca ein neues Zuhause. Dort angekommen wussten wir, hier Fuß zu fassen, das wird nicht ganz leicht sein.

Da sah man aber den Optimismus in unserem Blick und das brachte uns auch das nötige Glück... das wir auch brauchten. Das Glück, das uns keiner mehr nahm, half uns Arbeit und Wohnung zu finden. Ich mit REIKI und Ayurvedamassagen, Robert als Reiseleiter.

Jetzt sind wir zwei Wahl-Mallorquiner!

Das ist unsere wahre Geschichte, aber bitte, SO nicht nachmachen:
Als die Kinder noch klein waren, es sind drei, Monik, Alexander und Roman, sind wir immer nach Frankreich gefahren und haben dort in fast jeder Region Urlaub gemacht. Die Ferienhäuser in Frankreich waren damals günstiger als in Deutschland.

Jedes mal, wenn wir aus dem Urlaub kamen, hatte ich regelmäßig Depressionen.

Ich habe ein paar Urlaube gebraucht um zu verstehen warum!

Für mich entstand die Idee, es ist Deutschland. Und es wurde Jahr für Jahr immer schlimmer für mich. Als ich dann mit meinem Mann Robert immer öfter darüber sprach, kamen wir überein: Wenn es so was gibt, dann hatten wir beide das Gefühl, im falschen Land geboren zu sein. Scherz. Ihm ging es auch so. Langsam entstand der Gedanke - wir sollten auswandern ... Aber wie? Mit drei Kinder, die noch zu Schule gehen? Nein! Also weiter wie immer! Sollte unsere Idee nicht funktionieren, wären die Kinder diejenigen, die darunter zu Leiden hätten! Das wollten wir ihnen nicht antun. Wir sind geblieben und machten weiter - wie immer.

Das nächste Jetzt hat sehr viel mit der Auswanderung zu tun; das wussten wir aber erst Jahre später.......denn noch ahnten wir es nicht einmal im entferntesten, was mit uns geschieht.

An einem Samstag Nachmittag hat Robert ein interaktives Spiel im TV mit Thomas Gottschalk mitgemacht.

Es war nur Spaß, wir machten uns keine ernsthafte Gedanken und plötzlich sahen wir Roberts Namen über den Bildschirm laufen.

Wir glaubten unseren Augen nicht zu trauen. Und als klar war, was wir gewonnen hatten, konnten wir es abermals nicht glauben.

 Doch, ja, es war richtig... und ein richtiger Hammer: eine 14-tägige Reise mit Partner, incl. Hin- und Rückflug, Halbpension nach Spanien, Gran Canaria! !!
Wir waren aber Frankreich-Fans, Spanien hat uns Null interessiert. Aber für geschenkt?? Warum nicht. Das sollte später noch eine große Rolle spielen.

Als die Auswanderung wieder im Gespräch war, wollte mein Mann nach Gran Canaria, und ich nach Holland gehen.
Seltsamerweise war nun Frankreich nie mehr im Gespräch. Also, er wollte nicht nach Holland, und ich nicht nach Gran Canaria. Ich hatte an Holland gedacht, weil mir das System dort gut gefiel. Ich war der Meinung,Gran Canaria, zum Urlaub machen ganz toll, einfach super, aber doch nicht zum Wohnen! Sehr viel später war uns beiden klar, wir haben es richtig gemacht - viele Jahre später!

Also, weiter wie immer, und ich muss sagen, es bewahrheitet sich immer wieder, es gibt keine Zufälle. Alles hat einen Sinn, auch wenn man es erst sehr viel später begreift. Die Kinder waren mittlerweile erwachsen, gingen ihre eigenen Wege.

Mein Mann war das erste mal arbeitslos und er begann seine eigene Firma zu gründen - die WMA (Wir Machen Alles).

Zum Beispiel Entrümpelungen, Renovierungen, Umzüge, Gartenarbeiten, und vieles mehr. Somit entstand ein bisschen Hoffnung.

Doch leider, die Fa. WMA rief auch das Gewerbeamt auf den Plan, und statt froh zu sein, das jemand sich etwas einfallen lässt und sich nicht arbeitslos meldet, legen sie dir zur Belohnung auch noch Steine in den Weg. Und die waren sehr groß.

Wir waren mit der WMA sogar mit einem großen Artikel in der örtlichen Zeitung in Berlin. Namhafte Schauspieler waren auch unsere Kunden! Alle Tätigkeiten waren drin, bis hin zum Kurierfahrer, wo wir Wochen später leider feststellten, dass man statt Geld zu verdienen auch noch Geld mitbringen muss.

Das war das Ende einer langen Kette von verarscht werden und wir von Deutschland die Schnauze gestrichen voll hatten! Und nun fingen wir an, uns ernsthaft über das Auswandern zu unterhalten.
Eigentlich wollten wir das ja schon zwei Jahrzehnte, jetzt aber war die Zeit gekommen.

Ich hatte die letzten 10 Jahre neben meinem alten Job als Wäschemeister mit eigener Wäscherei, am Wochenende in meinem neuen Beruf als Seminarleiterin für die „Fünf Tibeter" (Yoga ähnliche Übungen) und als REKI-Lehrerin (wurde von Dr. Mikao Usui Ende des 19. Jahrhunderts wiederentdeckt. REIKI löst Blockaden, ist Tiefenentspannung, bringt Energie zum Fließen, fördert die Selbstheilung) in meiner Praxis im Haus gearbeitet.

Das habe ich in den letzten Jahren gelernt,neben meinem täglichen alten Beruf! Als letztes machte ich mein Diplom als Ayurveda Masseurin.

(Ayurweda ist eine traditionelle indische Heilkunst und Öl-Massage). Das sollte sich als wahres Glück erweisen!

Gedanken
Zugfahrt

Du sitzt in einem Zug und Du merkst, Du sitzt im falschen Zug...
steig aus.
Der Zug fährt schnell, alles fliegt an Dir vorbei, Du kannst nichts klar Sehen......
steig aus.
Pass auf, der Zug fährt immer schneller. Es ist niemals zu spät halt zu sagen und die Richtung zu
wechseln.....
steig aus.

Und genau das haben wir dann getan......
Ausgestiegen und Ausgewandert!

Immer und immer wieder haben wir uns nun unterhalten, und die Idee wurde langsam immer konkreter. Natürlich kam immer wieder - „sollen wir das wirklich tun?"
Und wenn ich intensiv darüber nach dachte, bekam ich schon Bauchschmerzen. Aber wie Männer so sind, Robert war Feuer und Flamme.

Dazu muss man sagen, ich habe soviel schlaue Bücher gelesen und trotzdem ist bei mir immer noch >ein Glas Wasser - halb leer, und bei meinem Mann - halb voll<. Hat ja auch einen Grund, warum wir schon so lange verheiratet sind, heute 44 Jahre.

Als wir unseren Kindern und Freunden erzählten dass wir auswandern wollen, kam dann von allen Seiten „ ja das macht ihr ja sowieso nicht"; oder „ihr seid doch viel zu alt zum Auswandern"; „auch wenn ihr das macht, ihr kommt schnell zurück".... Sie sollten sich aber alle täuschen.

Und plötzlich war die Sache auf ein mal ganz Ernst. Die Idee war geboren, die Entscheidung getroffen, wir wussten nur noch nicht....wohin???? Toll!!!

Wir kamen zurück zu - er Gran Canaria, ich - Holland<. Wie ich schon erwähnt habe, ich fand das holländische System ja sehr gut. Dagegen sprach aber das Wetter, welches ja so war, oder ist, wie in Deutschland.

Für meinen Geschmack sprach gegen Gran Canaria, dass es auf Dauer zu einseitig und langweilig werden würde. Aber, Robert wollte unbedingt dahin. Also gut, sagte ich, wir machen dort nochmal Urlaub und fühlen mal, wie es sich anfühlt dort zu wohnen.

Zu dieser Zeit hatten wir so gar keine Lust Weihnachten und Silvester die Bude voll zu haben und immer die ganze Arbeit, also wollten wir „zwei Fliegen mit einer Klappe schlagen", den Feiertagen entfliehen und das eventuelle Auswanderungsziel anschauen.

Robert ging ins Reisebüro, von wo aus er mich nach kurzer Zeit anrief und mir den Gesamtpreis für diesen Urlaub nannte. Ich sagte ihm gleich: „vergiss es, ist mir zu teuer".
Nach kurzer Zeit rief er wieder an und meinte, der Herr aus dem Reisebüro machte den Vorschlag, wenn man es aufteilen würde, nämlich 1 Woche Gran Canaria und 1 Woche Mallorca, dann würde es günstiger sein.
Mein erster Gedanke, „ist ja komisch", zweiter Gedanke „zu viel   Stress", dritter „um Gottes Willen....Mallorca?!" Ich sagte dann am Telefon NEIN.

Als ich aufgelegt hatte, dachte ich darüber nach. Wir waren noch nie auf Mallorca, haben uns von allen beeinflussen lassen - „Ballermann" und so.

Nachdem ich es mir durch den Kopf hatte gehen lassen, rief ich Robert an und sagte er sollte uns doch zwei Bücher über Mallorca besorgen. Er kam auch mit zwei Büchern über Mallorca nach Hause und wir setzten uns hin, jeder mit einem Buch in der Hand und beschäftigten uns erstmalig mit diesem Thema. Wir kamen beide nicht raus mit der Nase! Wir waren fasziniert über das was wir da lasen und an Bildern sahen.

Den Rest des Abends verbrachten wir damit uns begeistert über Mallorca zu unterhalten. Tagelang beschäftigten wir uns mit Mallorca und dem was wir gelesen haben. Dann fasten wir den Entschluss, dass wir Weihnachten und Silvester auf Mallorca verbringen möchten. Am nächsten Tag sind wir ins Reisebüro gegangen und haben die Reise gebucht. Wir haben den Ort - Calla Millor - an der Nord/Süd Küste Mallorca ausgewählt.

Nun war die Entscheidung getroffen und es kam langsam die Vorfreude und auch die Aufregung, weil man ja anders schauen wird, wie ist das Gefühl dort zu Wohnen? Die Zeit war gekommen, los geht's. Wir machten uns auf den Weg.

Kapitel 2
Die Entdeckung

Als wir über Mallorca flogen und zur Landung ansetzten, war das, was wir schon im Flugzeug sahen, sehr angenehm.

Die eine Stunde Fahrt im Bus nach Calla Millor ließ uns schon einen kleinen Einblick auf die Insel haben. So etwas schönes hatten wir noch nie gesehen. Alles grün, Palmen an den Straßen, Orangenbäume entlang vieler Wege und Felder. Hier war einfach alles, Berge, grüne Wiesen, Felder und natürlich auch das Meer. Wir waren in richtiger Hochstimmung.

Als wir nach Cala Millor einbogen fragte ich Robert: „ hier machen wir aber nicht Urlaub"?, Robert sagte „doch"! Man, dann hätte ich auch in Berlin bleiben können, alles nur Hochhäuser. Kurz trat die Enttäuschung auf, aber Cala Millor besteht wirklich nur aus hohen Häusern - zur 80% sind das die Hotels. Und natürlich das Meer und der Strand - 5 Km lang. Noch in den 60iger Jahren waren hier nur Felder und Palmen, ein schnell wachsender Urlaubsort. Am nächsten Morgen,nach dem Frühstück haben wir uns ein Auto gemietet und fuhren die ganze Gegend ab. Das angenehme Gefühl war wieder da!

Wir sahen uns soviel wie möglich an, die schöne Insel, blauer Himmel,kristallklares Wasser, immer grün und der tolle Duft der Pflanzen, einfach traumhaft! Wir waren völlig begeistert. Eben Trauminsel, im wahrsten Sinne des Wortes.

Als wir ein paar Tage später nach Hause flogen, waren wir uns einig:
DAS IST ES!
Zu Hause angekommen fingen wir langsam mit den Vorbereitungen für die Ausreise an.
Es waren tausend Sachen an die wir denken mussten.

In diesem Jahr flogen wir noch einmal zu „unserer Insel", haben uns vorher mit Maklern auf Mallorca kontaktiert und wollten Wohnung und Arbeit suchen! Aber, die Zeit reichte gerade mal zum Wohnung suchen.

Wir sind kreuz und quer durch die Insel gefahren und blieben dann in dem Ort Canyamel hängen, das liegt an der Nord/Ost Küste, nahe Capdepera. Nach Hause flogen wir mit einem Mietvertrag!
Jetzt wurde es Ernst, denn der Mietvertrag fängt in 3 Monaten an. Per Internet suchten wir nun noch einen Job, und wurden nach längeren Suchen auch fündig.

Robert kontaktierte sich mit einem Ausflugsunternehmen, die die Gäste über die Insel führen bzw. fahren und dabei alles Sehenswerte erklären. Also eine Inselrundfahrt der anderen Art, nämlich mit 7sitzer Autos.

Nachdem er mit der Firma, die einem Deutschen gehört, der schon 20 Jahre ansässig war, mehrmals telefonierte, sagte man ihm, „alles klar, wenn sie hier sind, kommen sie gleich zu uns und dann können sie auch gleich anfangen, wir brauchen immer Leute".

Und somit fing Robert schon an, sich etwas intensiver mit Mallorca zu beschäftigen. Ich hatte eine tolle Annonce gelesen und auch gleich dort angerufen. Ein Masseur, der in einem Hotel einen Wellnessbereich führte, suchte eine REIKI-Meisterin. Juchhu - dachte ich – das bin doch ich. Wir telefonierten oft, tauschten unsere Erfahrungen aus, und unterhielten uns über unsere gemeinsame Arbeit. Wir verstanden uns super und ich war einfach nur Happy. Das war der nächste Schritt. Arbeit für beide stand fest. Dachten wir …

Nun wurde es immer ernster, ich bekam langsam Bauchschmerzen vor Aufregung und auch vor dem eigenen Mut Angst. Meine Gefühle sollten mich wieder mal nicht täuschen, keiner glaubte an uns, ich ....auch nicht.

Da war es schon wieder - bei mir war das Glas Wasser halb leer, bei Robert halb voll...

Aber wir machten weiter. Wir haben unserem großen Sohn, Alexander, meine Firma - den „Bügelservice" - übergeben. Als nächstes mussten wir unser gemietetes Haus ausräumen.

Nach Mallorca sollten nur die wichtigsten Sachen mitgenommen werden, Möbel nicht, weil man auf der Insel alles nur möbliert mieten kann. Also, alles musste weg. „Verkauft, verschenkt und weggeschmissen!

Es war Arbeit von Wochen ein Etagenhaus zu räumen, wo ich auch mein Gewerbe ausübte. Ganz unten war der Bügelservice, ganz oben im Studio meine Praxis und in der Mitte haben wir gewohnt.
Wir wollten nur Umzugskartons mitnehmen,die wir einer Spedition als Beiladung mitgeben konnten.
Ausgegangen von ca. 10 Kartons wurden es dann... 25! Unglaublich! Alles andere wie Bilder, Möbel, Geschirr, Klamotten, Blumen und weiterer Kleinkram haben wir untergebracht.
Da wir auch nie dazu kamen uns ein finanzielles Polster anzuschaffen, war für uns auch sehr wichtig, noch etwas Geld aus den Verkäufen herauszuholen.

Bis zum letzten Tag habe ich noch meinen Bügelservice ausgeübt, jeder Cent hat gezählt.

Nach unserer Rechnung kämen wir mit dem Geld, was wir zusammen bekamen, ca. drei Monate über die Runden. Dachten wir. Aber nun war alles eingefädelt, ein Zurück gab es nicht mehr. Und der berühmte Plan „B", den gab es nicht, wenn es nicht funktionieren sollte, bliebe uns nur die Rückkehr nach Deutschland!

Das war ziemlich naiv gedacht. Nun mussten wir auch noch alles für unsere Tiere planen. Von unseren einst 5 Katzen lebten nur noch 2, die wir auf gar keinen Fall da lassen wollten, und unsere Schäferhündin Rexi. Für alle brauchten wir Beruhigungstabletten. Unser Tierarzt kam immer zu uns nach Hause und hat uns auch zu den Tabletten geraten, damit die drei nicht zu sehr gestresst werden.

Für Wauwie - REXI kam dann noch die Aufgabe hinzu, eine große, eigentlich - die Größte - Hundebox zu besorgen.

Da denkt man, „OK, es kann ja nicht so schwer sein". Man geht einfach eine kaufen. Ja gut, aber ein paar hundert Euro für eine Box die du danach nicht mehr brauchst, kam nicht in Frage.

Dann hat Robert alles abgegrast um eine gebrauchte Box zu bekommen. Es klappte nichts. Zum Schluss hat er sich an den örtlichen Radiosender gewandt und um Hilfe gebeten. Denn die hatten immer eine Rubrik, wo der Sender Aufrufe machte.

Und siehe da, es hat funktioniert. Einer hat sich gemeldet. Der Preis war gut, die Größe stimmte, also sind wir hingefahren und haben sie abgeholt.

Das ganz überraschende an der ganzen Geschichte war die Tatsache, dass diese Leute die Box abgegeben wollten, weil sie gerade... von ihrer Auswanderung aus Mallorca, also Rückwanderung, zurück sind!!! Was für ein Omen?

Nun es war alles vorbereitet und wir konnten uns von allen verabschieden. Eine kleine Abschiedsfeier mit den Kindern war schon sehr emotional. Was mich sehr wunderte war, dass unsere Söhne weinten. Die Tochter war ziemlich distanziert und es sollte sich noch herausstellen, dass sie mir das nie wirklich verziehen hat, und aus ihrer Sicht habe ich sie im Stich gelassen. Man muss wissen, wir waren wie Freundinnen.

Aber wir gingen nach Mallorca. Spedition war da und alle Kartons wurden abgeholt. Alles wurde erledigt. Wir haben noch eine Nacht bei den Kindern geschlafen und mir ging es sehr schlecht. Es war nun mal ein riesiger Schritt in ein anderes Leben.

Am nächsten Morgen haben wir erst mal unseren Schäferhund Rexi und die Katzen Murmel und Mikesch mit Tabletten versorgt. Eigentlich hätte ICH die gebraucht. Gott, war mir vor Aufregung schlecht.

Die Kinder - alle sehr traurig - brachten uns zum Flughafen. Die kleinen Enkel, haben nicht so richtig verstanden, was gerade vor sich ging.
Umso mehr tat es uns weh. Am Flughafen angekommen haben wir die Tiere eingecheckt, die Katzen kamen mit nach oben in die Kabine, Rexi unten in den Frachtraum.

Der Abschied war einfach herzzerreißend, alle haben bittere Tränen geweint... Ich meine die Frauen, die Männer sind ja soooo cool...
In so einem Augenblick zerreißt einem buchstäblich das Herz und man stellt alles in Frage. Dieser Moment,das war auch der Anfang vom Ende einer „Freundschaft" mit meiner Tochter.
Auf dem gesamten Flug habe ich geweint, aber es gab kein Zurück mehr.
Was ich noch nicht wusste, wie so vieles, dass ich das nächste halbe Jah, mehr Weinen würde wie je zuvor in meinem ganzen Leben. Und jeder weiß, dass man schon manche Träne im Leben vergießt.

Während des gesamten Fluges hatte Mikesch trotz Tabletten miaut, das machte mir immer größere Sorgen. Nach 2,5 Stunden sind wir gelandet.

Die Tiere haben wir in den gemieteten Wagen eingeladen und machten uns auf den Weg zu dem kleinem Örtchen Canyamel.

Oh man, hab ich ein komisches Gefühl gehabt! Und aufgeregt war ich auch. Das war für mich mit nichts zu vergleichen. Ich sage immer - man kann Situationen nur nachfühlen, wenn man sie selber durchgemacht hat.
Ein bisschen Verzweiflung war natürlich auch schon dabei und der Gedanke: „worauf habe ich mich da nur eingelassen"? Rexi war immer noch von den Tabletten benommen und Mikesch miaute ununterbrochen.
Aber die Fahrt zu unserem neuen Zuhause zeigte uns, das es schon eine traumhafte Insel ist - egal wo man entlang fährt. Das lenkte mich ein bisschen von der Angst,vor der Zukunft und der für uns fremden Welt, ab.
Auf dem schnellsten Weg fuhren wir erst mal nach Arta, 9 Km von Canyamel entfernt, um uns mit unserem neuen Vermieter zu treffen, den Schlüssel abzuholen und die erste Miete zu Bezahlen.

Als wir dann endlich an der Wohnung anhielten, waren wir alle fix und fertig! Es war für und alle sehr anstrengend.

Alles ausgeladen und rein in die Wohnung. Wir mussten uns jetzt vor allem um die Tiere kümmern.
Mikesch stand in der Küche mit überkreuzten Pfötchen, was bedeutet, dass er kurz vor einem Kreislaufkollaps stand!

Langsam beruhigte er sich und vor lauter miauen,hatte er fasst keine Stimme mehr, man war das knapp. Mein Liebling Murmelchen,sagte kein Tönchen.
Rexi lag platt auf dem Boden. Die Katzen versteckten sich unter dem spanischen Tisch und alle drei sind vor der Erschöpfung eingeschlafen.
Der spanische Tisch ist rund, hat unten noch ein Fach mit einem Loch drin, wo man eine dafür vorgesehene Heizung rein legt – kreisrund - es ist eine bodenlange dickere Tischdecke drauf, dann stellt man im Winter die Füße drunter, und hält eine Decke auf dem Schoß.
Darunter - jetzt ohne Heizung, weil, es war ja Juli - lagen jetzt unsere Katzen.

Plötzlich erklingt das erste Klingeln in unserem neuen zu Hause. Ein Fremder mit einem Koffer in der Hand stand vor uns da. Das war ... unserer Koffer!!! Wir haben es gar nicht gemerkt, dass wir einen falschen Koffer vom Flughafen mitgenommen haben!!! Der war 100%ig identisch! Drinnen waren unsere wichtigsten Sachen. Zum Glück hing an unserem Koffer ein Anhänger mit unserer neuen Adresse drauf und nur so konnten uns die Leute hier finden…

So, nun konnten wir uns auch erst mal setzen und unseren ersten Kaffee im neuen Haus trinken.

Dass das mal klar ist, und erst mal alle die hier lesen, wieder mal lachen können, wir konnten kein Wort Spanisch und sind mit 1000,-€ ausgewandert, wovon wir gleich schon mal 500,--€ Miete gezahlt haben.

Aber, kein Problem, wir hatten ja beim letzten mal hier schon gleich einen Job in Aussicht, dachten wir. Jetzt stellten wir erst mal fest, das wir ziemlich doof waren, als wir uns die Wohnung angesehen haben.

Wir waren im März hier als wir Wohnung und Job suchten, da war aber hier noch keine Saison, und da wir ja Inselunerfahren waren, haben wir nicht gesehen, dass direkt neben unserer Wohnung ein kleines Hotel war. Das sah aus wie ein normales Wohnhaus.

Der Pool, wo auch die Animation stattfand, war direkt an unserem Schlafzimmer (bzw. im Schlafzimmer), telefonieren oder unterhalten war nicht möglich, es war Hochsaison. Nach 14 Tagen konnten wir jedes Lied mitsingen. Die Wohnung war nicht die Letzte, sondern DAS LETZTE!

Nun war erst mal viel zu tun, unsere Umzugskartons aus der Spedition mussten her. Da die Lieferung noch etwas dauern sollte, wollten wir erst mal ein paar wichtige Sachen dort abholen und mussten dazu nach Palma, bzw. Santa Ponsa fahren, und konnten es damit verbinden, das Robert sich gleich zu bei seinem neuen Job,als Reiseleiter ,bei der Firma vorstellen konnte.

Es war ein deutsches Unternehmen und hatte zu Robert im März gesagt, „einfach vorbeikommen, wir brauchen immer Leute". Und die sind schon - wie ich früher erwähnte - über 20 Jahre hier ansässig.

Wir haben die Kartons bei der Spedition abgeholt, und sind dann gleich, direkt um die Ecke ins Reiseunternehmen gegangen. Ich wartete im Auto und freute mich schon. Robert kommt raus und... ja, genau! April! April! Die Leute sagten, dass wir zu weit weg wohnen und das können sie nicht gebrauchen!!! Vorher das aber zu sagen,ging es wohl nicht, oder wie?!...

Als nächstes wollten wir zu dem Masseur fahren, mit dem ich schon im Kontakt war und der mich gleich als REIKI Meister haben wollte.

Ich rief ihn also mit vollem Optimismus an und sage: „hier bin ich jetzt, wo soll ich hinkommen"? ... Er sagte nur ganz lapidar: „Ach, du bist es, tut mir Leid, aber ich hab schon jemand". Als ich sagte: „du hast mir den Job doch zugesagt", meinte er: "ich dachte, du kommst nicht nach Mallorca"...

Zu seiner Rechtfertigung, später war mir klar, warum das so war, eben „typisch deutsch".
Reden reden reden und dann wird's nix, und das dachte er eben auch von mir. Trotzdem, ja genau, er war ja auch Deutscher.

Jetzt standen wir mal richtig in der Scheiße. Ich sag mal so wie es war, keine Kinder da, keine Enkel, keine Freunde, im fremden Land, ohne Geld, ohne Job, ohne die Sprache zu kennen.
Ja, lacht nur, wir waren richtig blöd. Aber wirklich,verzweifelt kann man dann schon sein. Wir haben in unserem Leben so viel durchgemacht; dann fällt man erst mal in ein schwarzes Loch. Jetzt aber mussten wir nachdenken, wie es weiter gehen sollte?

Es vergingen Wochen, die Schönheit der Insel und das Meer vor der Tür, den Strand, die Sonne, das alles konnten wir nicht wirklich genießen. Geld wurde knapp, Automiete und Wohnungsmiete waren dran.

Wir hatten in Deutschland unsere Firma unseren ältesten Sohn Alexander übergeben und als kleine Ablöse schickte er uns jede Woche 20 ,-€ und eine einmalig größere Summe von ein paar Hundert Euro, das half erst mal wieder ein Stück, bis wir endlich Arbeit hatten. Heute kann man sich nicht mehr vorstellen, dass wir jeden Tag auf den Postboten gewartet haben und uns riesig über die ankommenden 20,-€ freuten.

Zwischendurch hat Robert sämtliche Hotels abgeklappert, um mich mit Massage unterzubringen, Absagen über Absagen!

Diese Idee war nicht gleich da, weil ich ja eigentlich als REIKI-Meisterin bei dem Masseur im Wellnessbereich arbeiten sollte.

War ja nicht. Also kam dann der Gedanke, Hotels.

Unsere Idee war, in Hotels, die keinen Wellnessbereich haben, in den Zimmern Massage anzubieten. Alles was man dazu braucht wollte ich mitbringen. Aber...das wollte keiner!...Noch nicht...

In unseren Kartons waren unter anderem kleine Massagegeräte für Fußreflexzonen,die wir nun verkaufen mussten.

Aber wo? OK, nun erst mal bei der Behörde anmelden und die NIE beantragen, denn ohne NIE Nummer (Numeró de Identidad de Extranjero, die spanische Steuernummer) geht in Spanien nichts - keine Wohnung, Bankkonto oder Arbeit!

Also, wir mussten wieder nach Palma fahren. Ganz früh fuhren wir los und trafen uns mit unserem Auswanderungshelfer, der gleichzeitig als Übersetzer für uns auf dem Ausländeramt war. Es war eine lange, lange Schlange... endlich waren wir dran und die NIE Nummer und Anmeldung hatten wir in der Tasche.

Von nun an waren wir als Residenten auf der Insel gemeldet.

Wir wollten uns mit einen Kaffee beglücken, auch wenn ich schon lange,vom Magen her,keinen Kaffee vertrage, den spanischen Kaffee ja, und der schmeckt auch überall! Auch zu Hause trinken wir nur noch spanischen Kaffee.

Erstens wegen dem Geschmack und auch wegen dem Preis. Damals konnte man den deutschen Kaffee hier nicht bezahlen.

Wir saßen am „Ballermann", tranken den Kaffee und schauten uns ein bisschen die Gegend an.

Wenn alle noch schlafen, ist es ein angenehmer Ort und ein cooler langer Strand. Ruhe pur, man hört das Meer, schaut zum Horizont und denkt sich dabei: „das was du hier siehst, ist kein Traum, du bist wirklich hier". Herrlich.

Irgendwann, als wir durch die Promenade gelaufen sind, sahen wir auch einen deutschen Frisör. Dann kam uns eine Idee: Robert ging einfach mal in den Frisörladen und fragte, ob sie eins von unseren Massagegeräten kaufen möchten.

Robert kann sehr gut Sachen verkaufen, er weiß wie er die Leute ansprechen muss.

Ich kann das nicht. Ich wartete im Café, kam dort endlich mal zum Nachdenken, ob das alles so richtig war. Ich fühlte mich schrecklich und auch allein. Es sah so aus, als gebe es für mich nur zwei Möglichkeiten: entweder wir schaffen das, oder ich geh allein nach Deutschland zurück, nach über 30 Jahren Ehe!

Also, meine Gedanken waren nicht wirklich positiv, als mein Mann nach ca. 1,5 Stunden wieder kam. Robert strahlte, er hatte sogar ein Paar von den Geräten verkauft! Das gab mir wieder etwas Mut. Die traurigen Gedanken waren erst mal weg.

Kapitel 3
Einige Zeit später

Ich sitze in einem spanischen Café allein. Es regnet. Ich höre um mich herum diese fremde Sprache, die ich immer noch nicht verstehe und auch nicht spreche. Ich bin froh, nichts zu verstehen, es lässt mich davon träumen, die Welt sei friedlich, ich muss nicht darüber nachdenken was ich höre... es ist eine melancholische Stimmung. Im TV spielt man traurige Musik, auch das passt heute. Ich fühle eine eigenartige Stille, angenehme Ruhe, alles irgendwie Unwirklich...

Ich sitze hier am Meer, sehe die Berge, Palmen, als wäre ich in mitten einer Filmkulisse. Ein angenehmes Gefühl steigt in mir auf. Mein Zuhause - diese Filmkulisse - eben irgendwie Unwirklich. Ich würde es beschreiben mit „einem Hauch von Glück", ein Hauch von Ahnung, wie das Paradies sein könnte. Es fühlt sich an wie Sehnsucht. Sehnsucht, das Gefühl festzuhalten. Mein Kopf ist so leicht, paradiesisch.

In der Mallorca Zeitung - eine deutsche Zeitung für Residenten und Partnerzeitung der spanischen „Ultima Hora" - konnte man kostenlos private Annoncen aufgeben und das taten wir dann auch, um die Geräte zu verkaufen.

Ab und an rief auch jemand an um ein Gerät zu kaufen, auch das half immer von einem Tag zum anderen.

Da Robert in den Hotels nicht weiter kam, gaben wir, nach langen überlegen, auch eine Annonce auf, um Inselweit Mobilmassagen anzubieten. Und trotzdem gab Robert nicht auf und ging weiter jeden Tag „Klinken putzen" in den Hotels. Wir kämpften weiter und es hatte auch funktioniert! Es kamen die ersten Aufträge!!!

Circa zwei mal pro Woche fuhren wir zu Klienten, die bei mir eine Massage bestellt haben. Öl, Liege, Handtücher, Kerzen und Musik hatte ich immer dabei. Und so ging das - ab und zu Massage, hin und wieder ein Gerät verkauft, das Überleben war erst mal gesichert. Aber das war natürlich noch nicht genug. Es war manches mal so knapp, dass wir noch einige Sachen verkaufen mussten, die mir sehr am Herzen lagen.

Wir sind dann zu jemanden gefahren der alles ankaufte, aber wir wussten natürlich nicht, wie viel Geld das alles uns einbringen würde? Egal - Hauptsache etwas! Und dann haben wir gebetet, dass wir mit dem Sprit auch hinkommen. Da lernt man sehr schnell, wie man sparsam Auto zu fahren hat. In der heutigen Zeit kann sich kaum einer mehr vorstellen, wie man sich auf einen

Kaffee oder eine Stulle freuen kann, „außer die Alten" – liebevoll gemeint!

Natürlich merkt man, wenn jemand dringend Geld braucht, und derjenige drückt dann natürlich die Preise. Es viel mir so schwer, die letzten Teile, die mir sehr am Herzen lagen, zu verkaufen und dann auch noch für ein „Appel und ein Ei", wie man so sagt. Mit dem letzten Tropfen Sprit kamen wir dann noch zur Tankstelle! Das war knapp, und uns viel nicht ein Stein, sondern ein Fels vom Herzen.

Das konnte man damals niemand erzählen, denn, was wir gar nicht brauchten waren „gute Ratschläge".

Als wir an dem Tag nach Hause kamen, war erst mal alles gut, Tiere hatten Futter, und wir konnten mal wieder etwas warmes essen und einen Kaffee trinken.

Am nächsten Tag stand wieder eine Massage an und die Post müsste auch wieder mit den üblichen 20,-€ kommen, diese Woche würden wir somit auch wieder geschafft haben. Robert „putzte die Klinken" in den Hotels erfolglos weiter.

Meine Tochter.

Man kann ja sagen, was man will, obwohl zwischen meiner Tochter und mir ein Band gerissen ist, immer, wenn es mir im ersten Jahr Auswanderung schlecht ging, hat sie das am Telefon gehört und hat alle Hebel in Bewegung gesetzt, um zu uns zu kommen, obwohl ihr das mit zwei Kindern und gerade frisch getrennt, nicht leicht viel!

Das hat mir sehr geholfen. Sie war in dem Jahr ca. 5 mal hier. Es war wirklich so, dass es mir so schlecht ging, dass ich wieder zurück wollte.

Mein Mann wollte aber unbedingt bleiben! Und damit steckten wir in einer tiefen Krise. Mir blieben zwei Möglichkeiten: Ich GEHE zurück - das hätte auf jeden Fall bedeutet, dass wir uns trennen, oder - ich BLEIBE hier. Beide Möglichkeiten waren für mich unerträglich.

Sehr viel später haben wir das Gerücht gehört, dass man die Insel „die Trennungsinsel" nennt. Und noch viel später sollten wir bitter erfahren, das es stimmt!
Die Gefühlsachterbahn zu dieser Zeit ist kaum zu beschreiben: Insel wunderschön, Insel Scheiße...

Die erste Freundschaft aus Deutschland stand schon auf dem Spiel.

Wenn eine meiner besten Freundinnen mich anrief, konnte ich auf die Frage „wie geht's" immer nur die für mich traurige Wahrheit erzählen. Worauf sie dann nach drei, vier Anrufen, mich durchs Telefon angeschrien hat: „du erzählst immer nur Negatives!" Mir war wie vor dem Kopf geschlagen, ich hätte wirklich mehr Verständnis von einer Freundin erwartet!

Wenn ich bis dahin noch immer dachte, ich sollte mich nicht so haben, war - nachdem sie Jahre später uns besuchte - endgültig aus. Es war traurig, es war aber so.

Die Massagen, die nun ab und zu quer über die Insel stattfanden, war in dreifacher Weise auch wieder eine Herausforderung.

Erstens, wenn du hier erklärt bekommst wohin es geht, kommt nicht wie üblichStraße und Hausnummer (gibt's nicht mitten in der Pampa, die Häuser haben alle Namen), und dazu kommt eine lange Beschreibung; dann die Suche.......

Zweitens, geht's zu Menschen nach Hause, die du nicht kennst, ist schon komisch und es ist anders, wenn sie in deine eigene Praxis kommen. Auch, wenn es sich albern anhört, es ist so für mich;

Drittens, ich hatte gerade, bevor wir ausgewandert sind, mein Diplom als Ayurveda Masseurin gemacht! Das wiederum hieß, keine Erfahrung, keine Praxiserfahrung.

In Deutschland hatte ich in meiner Praxis bis dahin Tibeter, REIKI Seminare und REIKI Behandlungen durchgeführt. Und wenn ich nun zur Massage ging, hatte ich regelrechte Bauchschmerzen und Lampenfieber!

Ich war immer zufrieden, wenn ich wieder fertig war. Dadurch, dass wir die Annonce in der Zeitung hatten als „Mobile Wellnessmassagen", rief eines Tages die hiesige Zeitung an (Mallorca Zeitung), und fragte uns doch tatsächlich, ob sie mit uns ein Interview machen könnten!

Das haben wir natürlich gemacht, waren super stolz,weil sie mit Foto eine halbe Seite mit Telefonnummer schrieben und daraufhin riefen einige neue Kunden an. Das hat uns natürlich wieder ein Stück geholfen, wir brauchten ja jeden Cent.

Nun hatten wir noch eine Idee: Robert wollte auch in Hotels unsere Massagegeräte den Urlaubern anbieten. Also wieder „Klinken Putzen".

Ein Hotel sagte ja, müssen aber 100,- € Miete für 2 Stunden Zahlen; OK, wird schon drin sein, wenn wenigstens 4 Maschinen verkauft werden, da er auch Kaffee und Kuchen,als Lockmittel zur Präsentation der Geräte,angeboten hat.

Ich blieb zu Hause und war in freudiger Erwartung auf endlich mal eine größere Summe. Abgesehen davon, das 100,-€ viel, viel Geld (in dem Augenblick) war, was wir eigentlich nicht hatten.

Ich konnte nichts wirklich machen, stand ständig auf dem Balkon.

Endlich bog das Auto um die Ecke. Ich wackelte von einem Bein aufs andere. Er steigt aus und mir viel das Lachen aus dem Gesicht, nachdem ich sah, dass er beim Aussteigen den Daumen nach unten hielt. Ganz kurz, bis er oben war, hatte ich die Hoffnung, das er mich auf den Arm nimmt.

Also wieder mal nur A-Karte...Ich hatte mich so gefreut. Nun musste man wieder nachdenken, wie es weiter geht. Das war doch keine Dauerlösung, alles war wie ein Lotteriespiel, haben wir am Monatsende das Geld für die Miete, fürs Essen, etc.?

Als Selbständige hat man zwar nie Sicherheit, aber bis dahin war ja Robert immer Festangestellt, und als er in Deutschland arbeitslos wurde, war ich ja auch noch da. Aber jetzt?? Wir waren in unserem Leben schon ziemlich hart im Nehmen, aber das?

Die nervenaufreibende Zeit ging also weiter. DIE Wohnung war es auch nicht, Hotel im Schlafzimmer, (quasi) keine Heizung. Noch ging es, wettermäßig.

Und außerdem, wie sollte man neue Wohnung bezahlen, Kaution, Umzug, usw.? Auto war gemietet. Gott sei dank kann Robert gut handeln, denn ohne Auto ging nun mal gar nichts.

Insel ja, aber es war alles andere als schön. Ich habe alles was man vermissen kann vermisst, Freunde, Kinder, Enkel, Heimat, vernünftiges Essen.

Wir haben in dieser Zeit sogar von unserem zukünftigen Exschwiegerssohn und von Freunden sogenannte „Care-Pakete" bekommen!

Oh mein Gott, war das peinlich, aber das war so lieb von Allen. Man glaubt nicht, wie man sich über ein Paket freuen kann. Wie Kinder zu Weihnachten haben wir uns darüber hergemacht.

Wir hatten bestimmt genauso große Augen wie Kinder und Freudentränen. Diese Emotionen sind kaum zu beschreiben. Wenn man wieder ein bisschen Hoffnung hatte, „alles wird gut", dann war diese Hoffnung gleich wieder zerstört. Da wir schon reichlich angeschlagen waren, reichten schon Kleinigkeiten aus, um den Mut zu verlieren.

Wobei, Kleinigkeiten, stimmt ja auch nicht, für uns waren es zu der Zeit keine Kleinigkeiten. Wieder mal unser letztes Geld für die Hotelgeschichte verloren, wir waren so sicher, dass es funktioniert. OK, probieren wir es einfach noch mal. Haben wir etwas später auch gemacht, ha, das wurde noch lächerlicher!

Im anderen Ort, ein anderes Hotel und mit einem „Fachmann für Promotion" und somit war der Reinfall noch größer und noch teurer.

Und nun mussten wir neben dem Hotel auch noch den Typen bezahlen, den wir aus der Zeitung hatten. Der brachte uns gar nichts, zu der Zeit wussten wir auch noch nicht, dass die Insel voll ist mit deutschen Spinnern - ja es ist so.Wir hatten jetzt noch einige Maschinen, aber mit den Hotels haben wir es das letzte mal probiert.

Wir hatten mal wieder richtig Ebbe, nahmen unsere Maschinen und fuhren nach Palma zu dem Frisör, der immer mal eine abgekauft hatte, in der Hoffnung, wenigstens eine heute zu verkaufen, um Essen für diese Woche zu haben, das würde uns schon reichen! Anstatt wir erst mal anrufen, nein, wir waren wieder mal ganz schlau und fahren mit dem letzten Sprit (!!!) nach Palma und stehen erst mal, na was schon, vor verschlossenen Türen.

Schlau von uns. Mittagspause, Siesta, logisch. Kein Cent zum Kaffee trinken, also haben wir uns ins Auto gesetzt und eine Stunde gewartet, bis wieder aufgemacht wird.

In der Zeit des Wartens wurde kein Wort miteinander gesprochen, wir waren so angespannt, und gespannt, ob sie uns wenigstens eine abkaufen. Ich Glaube, im Stillen gaben wir uns gegenseitig die Schuld am Scheitern auf der Insel. Wir waren ja nie reich und haben immer viel gearbeitet, aber das hier war unter aller Kanone...

Der Frisörladen hat aufgemacht und Robert ging mit der Maschine los. Ich blieb im Auto, angespannt.

Ich sehe Robert heraus kommen, rutsche mit dem Hintern hin und her und versuchte aus seinem Gesicht zu lesen, da sah ich aber schon, dass er keine Maschine mehr in der Hand hatte! Juchhu. Aber, statt ins Auto ging er in den Kofferraum, auf den Weg dahin fragte ich was los sei, und er sagte, sie nehmen die anderen zwei auch noch!

Oh man, ich hätte in die Luft springen können. Ja,ich weiß, man müsste in solcher Situation das Geld zusammenhalten, aber jetzt gingen wir erst mal Kaffee trinken. Das war himmlisch, die Woche war gerettet. Wir genossen den Tag, die schöne Insel und das schöne Wetter. Aber, ganz ehrlich, immer öfter dachte ich „ich will nicht mehr"!

Etwas Positives hatte das für mich, ich hatte in meinem Leben noch nie soviel Zeit und hab noch nie so viel gelesen. Gut, aber das wars nicht, was ich brauchte, nicht so, ohne Zukunftsperspektive.

Die Maschinen gingen zur Neige und über die Insel fahren brachte nun auch nicht soviel an Massagen, als dass wir davon hätten Leben können. Und, witzig war immer die Suche in der „Pampa" auch nicht! Dazu kam dann auch noch unmoralische Angebote, und ganz ehrlich, egal was ihr jetzt denkt, ab und zu bist du auf Grund der Situation schon mal am überlegen! Aber, nee.

Die Hotels, die Robert immer zwischendurch kontaktiert, nichts. Das wars dann wohl...

Kapitel 4
Die Bäckerei

Eines Tages wollten wir gerade etwas zu Essen kaufen und da sahen wir im Supermarkt an der Pinnwand, dass jemand einen Kellner und eine Bäckereiverkäuferin suchte. Wir standen davor, schauten uns an, sprachen kurz darüber, überlegten nicht lange und Robert rief dort an.

Auf die Frage, ob wir das schon gemacht haben konnten wir nur sagen, dass Robert mal vor 30 Jahren Kellner war und ich durch meine Wäscherei zumindest schon Kundenerfahrung hatte. Also gingen wir erst mal dorthin um uns vorzustellen. Was sich dann herausstellte, war ja wohl mal ein richtiger Glücksfall. Beide Geschäfte, Bar und Bäckerei, direkt nebeneinander und der Chef ein Deutscher. Heute wissen wir, dass das eine sehr schlechte Mischung ist,eine ganz schlechte!

Obwohl wir keine richtige Erfahrung in der Gastronomie hatten, hat er uns beide eingestellt. Das war es! Ja, das war, wie ein Sechser im Lotto! Der Lohn stimmte, und einmal am Tag durften wir gratis Essen. Aber selbst, wenn es weniger Lohn gewesen wäre, wir hätten den Job trotzdem genommen.

Wir waren so glücklich wie schon lange nicht mehr, jetzt ging es aufwärts, aber leider sollte das noch zu einer richtigen und riesigen Enttäuschung werden. Gott sei Dank weiß man das nicht vorher.

Die Bäckerei war zur Hälfte Baguetteria und ich musste den ganzen Tag Baguettes nach Wünschen der Touristen belegen und backen wenn sie zur Neige gingen. Das hat mir schon richtig Spaß gemacht und Robert – nebenan - war auch in seinem Element als Kellner. Trinkgeld bekamen wir auch, das kam zwar in eine Gemeinschaftskasse, war aber trotzdem ein kleiner Zusatzverdienst.

Besser konnte es nicht gehen! Der Mann meiner Kollegin – die waren auch Deutsche - arbeitete mit meinem Mann zusammen. Das war damals das erste Pärchen mit denen wir uns angefreundet haben. Wir waren endlich angekommen. Dachten wir...

Nun ging es gemeinsam jeden Morgen zur Arbeit, denn wegen den Touristen machte die Bar um 11 Uhr auf. Dazwischen hat Robert immer wieder in den Hotels unser Konzept für Mobile Massage vorgestellt. Das war immer noch unser Ziel, davon wollten wir nicht abweichen. Wie sich später herausstellen sollte, war das dann auch die beste Entscheidung.

Der Chef hat uns schon sehr geholfen, wenn wir Geld brauchten, bekamen wir es ganz unbürokratisch, eben ein Vorschuss. Nun konnten wir endlich ein kleines altes Auto kaufen. Wir waren für diesen Job sehr dankbar. Es war nur ein Haken... Der Chef war ein Arsch... Ja, so krass muss man das sagen.

Das ging damit los, wenn ich etwas falsch machte, dann schrie er mich direkt vor den Kunden an! Immerhin war ich fast 50 und nicht 15 Jahre alt. Am Anfang schluckte ich das auch noch, und gab mir die größte Mühe. Aber dann...

Eines Tages erschien früh morgens die Polizei in der Bäckerei und durchsuchte alles. Ich fragte dann meine Kollegin ob sie wüsste was los sei, sie flüsterte mir ins Ohr, der Chef habe seine Frau verprügelt.

In Spanien wird so jemand sofort verhaftet, ohne Diskussion! Und nun suchten sie ihn. Er wurde gefunden und verhaftet!

Meine Güte, war das aufregend. Später ist seine Frau ins Geschäft gekommen. Sie sah ganz schlimm aus. Drei Tage war er im Gefängnis, dann wurde der Fall vor einem Schnellgericht behandelt und er wurde freigesprochen, weil seine Frau... die Anzeige zurück nahm!

Als er wieder in den Laden kam, war er soooo klein mit Hut. Leider nicht sehr lange, dann lief er wieder pöbelnd und schreiend durch die Gegend. Dadurch,das ich schon lange selbständig war, viel mir das Unterordnen sehr, sehr schwer und dann noch bei so einem Typen. Da ich aber die Schnauze halten musste, weil auch Roberts Job daran hing, hab ich schon ziemlich oft geheult, obwohl ich gar keine Heulboje bin. Ich glaube, ich habe mehr aus Wut geheult.

Aber zu der Zeit war ich wirklich eine Heulboje. Robert konnte einem schon Leid tun. Trotzdem, es klappte jetzt alles ganz gut. Das Auto war da, die Miete war bezahlt, wir sind in eine andere Wohnung gezogen. Das war schon alles sehr viel Wert.

Die Arbeit hat uns auch Spaß gemacht, „wenn er (der Chef) nicht da war". Und nun hatten wir endlich auch einen Termin in einem Hotel in Cala Millor bekommen! Es war kaum zu Glauben. Eben so etwas schafft nur Robert!

Zu Hause war es jetzt schön. Für unseren Schäferhund war es auch toll, weil direkt vor der Tür ein Waldstück war. Einfach perfekt. Die Kätzchen haben sich auch an alles gewöhnt.

Nun haben sie es auch nicht mehr vermisst, dass sie hier nicht mehr, wie in Deutschland, raus durften.

Das geht in Spanien sowieso nicht, die Katzen werden ständig überfahren. Das ist den Spaniern komplett egal. Jetzt waren unsere Katzen eben Hauskatzen, also, alles gut.

Dann kam der Tag.

Wir hatten jetzt den Termin mit dem Hotel. Ich war wahnsinnig aufgeregt. Wobei, das beschreibt nicht im mindesten mein Gefühl. Nach der Arbeit in der Bäckerei setzten wir uns hin und machten einen „Schlachtplan".

Soweit Robert schon im Vorgespräch herausfand, gab es in dem Hotel sogar einen Massageraum. Das wäre der Hammer, dann bräuchte ich ja nicht mit dem ganzen Zeug in die Zimmer. Wir haben uns schick gemacht und sind losgefahren. Man glaubt es nicht, ich hatte Bauchschmerzen, schweißige Hände und Schwierigkeiten, einen klaren Gedanken zu fassen. Wir trafen uns immerhin das erste Mal mit einem Hoteldirektor!

Der Termin war toll, ganz anders als wir dachten, ganz anders. In zwei Monaten wollten sie mit mir einen Testlauf machen. Ich sollte jeden Morgen im Fitnesscenter des Hotels ein zweistündiges Wellness Programm anbieten.

Ohne Bezahlung,sozusagen, als eine Art Werbung für das Hotel und gleichzeitig für mich. Ich werde natürlich nicht angestellt, sondern ich musste mich als Autonomo anmelden, also wieder selbständig. Wir mussten also einen täglichen Plan haben, was nicht so einfach war, da ich so was noch nie gemacht habe. Und da war ja auch noch die Bäckerei! Ich konnte ja nicht erwarten, dass mit dem Hotel alles sofort funktionieren wurde. Also wir brauchten noch die Arbeit dort, zumal auch Roberts Job mit dran hing.

Und dann wollte das Hotel ja auch erst einen Monat Probelauf, auch sie mussten erst mal testen. Aber dann sollte alles anders kommen...

Annoncen für Massagen gaben wir nicht mehr auf, das war mit unserem derzeitigen Job nicht mehr zu vereinbaren. Außer, dass ich quer über die Insel schon einige Stammkunden hatte die ich natürlich noch mitnahm, soweit es terminlich machbar war. Nun gingen wir erst mal brav jeden Morgen zur Arbeit.

Nebenbei versuchte ich schon mal den zweistündigen Plan für das Hotel zusammenzustellen, was jetzt aber wirklich nicht einfach war,da ich in der Form noch nichts gemacht hatte. Robert ging immer schön weiter in unserer freien Zeit in weitere Hotels.

Ein Hotel in der Nähe des Hotels wo ich anfangen sollte, machte uns Hoffnung. Ich wäre schon nicht mehr hingegangen, immer wieder haben sie Robert mit Terminen vertröstet, aber eben nicht mit Absagen, also ging er immer wieder hin.

Später haben wir erfahren, genau das war der Grund, warum sie mich sehr viel später doch nahmen. Das ist eben Robert!Zeitgleich hat er auch für sichselbst im Internet einen Job gesucht. Er wollte wieder etwas mit Fahren machen, da kam eben der jahrzehntelange Busfahrer wieder durch. Ich konnte das ganz gut verstehen, wusste ja wie es mir ging.

In der Bäckerei machte uns die Arbeit Spaß, aber durch den „Chef" wurde die Situation immer kritischer.

Dann kam bei mir schon mal mein Sternzeichen,der Skorpion,durch! Das war gar nicht mehr witzig!

Eines Tages sollten Robert und ich die ganzen Truhen mit allen Backwaren, die eingefroren waren zählen. Alle einzeln. Es war die Inventur. Ich habe gezählt, Robert hat aufgeschrieben, und der Chef lief herum und gab seine dummen und unqualifizierten Kommentare von sich.

Langsam, ganz langsam war ich auf 180. Noch ein Kommentar und ich schmeiße den Mist durch den Laden, Robert merkte schon, dass gleich die Bombe hochgeht und versuchte mich zu beruhigen.

Zwecklos, bei 180, mir war ja klar, dass wir beide den Job brauchten, und wir waren nicht die Sorte Mensch, die hinschmeißen wenn nichts klappt. Trotzdem... Peng!!!

Maß voll, und glaubt mir, das war kein Chef, das war ein „Neandertaler"!

Jetzt machte ich meiner Wut Luft - ich weiß, das macht man nicht - und schmiss die gefrorenen Brötchen durch den Laden. Ja, man kann es auch Hysterie nennen. Als er mich dann anschrie, schmiss ich erst recht. Wenn Robert mich nicht zurück gehalten hätte, dann hätte ich auch den „Neandertaler" getroffen. Tja, somit kam natürlich sofort die Kündigung... selbstverständlich für uns beide! Das war klar und logisch.

Und jetzt kommt´s! Am nächsten Morgen gingen wir natürlich nicht zur Arbeit, weil wir ja keine hatten.

Wir waren beide geknickt, aber ich war ja Schuld und Robert machte mir trotzdem keine Vorwürfe, das machte ich mir schon selbst. Es war ja nicht so, dass nur ich das Dilemma nun sah, sondern Robert sah es auch so. Ich habe es nur auf den Punkt gebracht.

Jedenfalls — aufgepasst - klingelt das Telefon und... der „Neandertaler" fragt wo wir beide bleiben? Wir sollten gefälligst arbeiten kommen!!! Nun ja, so war er. Wir waren beide völlig sprachlos und auch ein wenig glücklich. Sofort machten wir uns auf den Weg, Gott sei Dank. Nun wollte ich mich aber zusammenreißen, mir blieb ja nichts anderes übrig.

Mein Traum war es, wie gesagt nicht, aber wir mussten ja Leben. Mehr oder weniger friedlich ging es weiter. Mit dem Pärchen, mit denen wir zusammen gearbeitet haben, verstanden wir uns immer besser. Das hat uns zu der Zeit schon sehr gut getan, obwohl „er" schon sehr gewöhnungsbedürftig war. Immer wusste er alles besser, weil er - der „Chef" - und seine Frau schon lange auf der Insel waren. Ja, heute Wissen wir auch mehr als Neuankömmlinge, grins.

Es ist wieder ein Monat vorbei, wir zerbrachen uns den Kopf, wie wir unsere neuen Jobs und die Bäckerei unter einen Hut bringen, ich sollte jetzt in dem Hotel anfangen und fast zeitgleich Robert bei „Autosafari". Zack, da übernahm das Schicksal die Entscheidung. Wie so oft, erst mal schmerzlich!

Wir kommen eines Morgens alle vier, das Ehepaar und wir, zur Arbeit, das heißt wir wollten arbeiten. Aber siehe da, wir standen vor... zwei geschlossenen und ausgeräumten Läden!!!

Dieses Gefühl zu beschreiben ist kaum möglich. Geld für einen Monat Arbeit, ade. Super!

Später erfuhren wir, das der „Neandertaler" mit seiner Frau (die sich von ihm verprügeln ließ), abgehauen ist! Da ja Cala Ratjada ein Dorf ist, kam uns natürlich zu Ohren, das die beiden sich überall verschuldet haben. Sie wurden auf Mallorca nie mehr gesehen!

Ja toll, das nützte uns jetzt auch nichts mehr. Jetzt hatten wir alle kein Geld, Miete ging gar nicht, wir mussten ja aber wenigstens etwas zu Essen haben. Mein bevorstehender 50-jähriger Geburtstag wird ein Alptraum sein...dachte ich. Was ich ganz toll fand, das befreundete Pärchen kam mit einem für mich gebackenen Kuchen mit einer 50 drauf! Man lernt hier, sich riesig zu freuen über solche Gesten.

Jetzt musste ich mich aber auf das Hotelkonzept konzentrieren. Hoffentlich geht das alles gut, Robert hatte dann zwei Wochen nach der Katastrophe einen Job, wo er natürlich erst einmal Probearbeiten musste. Ist ja normal, machte uns aber etwas nervös...

In der ersten Woche sollte, außer das Trinkgeld, nichts verdient werden. Das war ja OK, und außerdem bleibt einem hier ja nichts übrig. Wir waren für buchstäblich jeden Cent dankbar.

Kapitel 5

Neue Perspektiven

Inzwischen wussten wir, dass es vielen Auswanderern schlecht ging, vor allem im Winter, weil ja ca. 70% aller Hotels geschlossen sind und somit alle ohne Arbeit bleiben. Aber die meisten sind auch völlig unflexibel. Trotzdem waren wir ziemlich entmutigt. So richtig blickt man hier am Anfang nicht durch.

Wenn man alles vorher wüsste, ich glaube, man hätte es sich zehnmal überlegt!

Aber auch heute ist das noch so, dass der eine Teil derer,die auswandern, es nicht wahrhaben wollen. Die meisten Deutschen glauben, dass Aufgrund dessen, dass hier viel Deutsch gesprochen wird, auch alles Deutsch ist. Totaler Irrtum!

Wenn sie dann langsam merken, es ist nicht so, kein Sozialstaat, keine Hilfen und nur im Sommer Arbeit und dann 7 Tage lang ca. 10-14 Stunden, ohne freie Tage arbeiten, verschwinden sie zu 80% alle wieder zurück nach Deutschland. Und tschüss!

Für uns war eines klar - zurück hatte sich für uns erledigt. Was sollten wir denn in unserem Alter mit 50 + 54 da jetzt machen? Auch da müssten wir von vorne anfangen. Also, Augen zu und durch, hier ist man wenigstens nicht zu alt wenn man in einem fortgeschrittenem Alter ist!

Robert fängt also bei einem Deutschen Arbeitgeber, der schon lange hier ansässig ist, zu arbeiten an. Das interessante an der Geschichte war, dass Robert als Reiseführer mit dem „Renault Espace", also 7sitzer, auf einer vorgeschriebenen Strecke fahren sollte.

Er sollte dabei die wahren Geschichten über die Insel, den Sehenswürdigkeiten und der Kultur, während der Fahrt und an den jeweiligen Haltepunkten erzählen. Hört sich gut an, aber Robert musste logischerweise, die ganze Zeit sprechen.

Ja, was ist daran schlimm? Robert... stottert! Manchmal. Es machte ihm, aber, riesig Spaß. Und es ging alles wunderbar, denn wenn er erst mal im Fluss ist und sich konzentriert, ist alles super, ohne Stottern!

Monate später, als unsere Kinder uns abwechselnd besuchten und dann auch mit ihrem Papa mitfahren durften, ihn mitten in Aktion sahen und hörten, glaubten sie alle ihren Ohren nicht zu trauen, Robert stotterte so gut wie gar nicht mehr!

Es war unglaublich, alle hatten sich schon gewundert, dass er diesen Job angenommen hat, trotz Sprachfehler, den er seit dem 12. Lebensjahr hat, der sich auch nicht durch eine Sprachheilschule, die er als Kind besuchte, besserte.

Im Endeffekt, er war trotz der extremen Belastung „Auswanderung" glücklich. Ich noch nicht!

Mein Konzept stand. Nun musste ich erst mal in Aktion sehen, wie das funktioniert und, wenn nötig, etwas verändern. Ich sollte also jeden Morgen im Fitnesscenter des Hotels das Programm, was ich für jeden Tag zusammengestellt hatte, praktizieren. So zum Beispiel Entspannungsübungen, gratis Hand- und Fußmassage, kurze Reiki Behandlungen, Meditationen. Anschließend konnte man bei mir dann Massage -Info´s einholen und auch buchen. Hinter dem Fitnesscenter gab es ein Massageraum und nach dem Programm machte ich dort die Massagetermine.

Ich hatte solch ein Lampenfieber vor Gästen zu reden und Übungen vorzumachen, aber im Laufe der Zeit stellte ich fest, dass die Gäste gern mit mir reden. Ich konnte sie alle ganz gut verstehen, ich habe ja unter anderem in Deutschland auch als Lebensberaterin gearbeitet und viele Menschen sind heute froh, wenn man ihnen zuhört. Dadurch ergaben sich für mich natürlich auch,immer mehr,neue Massagetermine.

Dass das irgendwann mal zum Problem werden könnte, war mir ja überhaupt nicht klar.

Eine spanische Masseurin, die auch in dem Hotel war und Massagen für Spanier gab, hatte nicht im mindesten soviele Termine wie ich, dadurch wurde sie langsam immer zickiger.

Immerhin habe ich ja auch jeden Morgen zwei Stunden Zeit geopfert, sozusagen für die „Werbezwecke".

Das alles war aber nicht lustig. Mir wurde klar - „ich bin hier natürlich die Ausländerin". Meine Termine wurden immer mehr, was mich schon stark machte. Außerdem stand ich ganz offiziell im Programm des Hotels drin. War schon cool. Die Gäste mochten mich auch alle ziemlich gern, ich bin so ein „mütterlicher Typ". Sogar ältere Menschen fühlten sich bei mir geborgen. Ich mochte es auch sehr gern die Leute zu verwöhnen und ihnen zuzuhören. Ich glaube, das spürten sie auch. Es gab schöne Erlebnisse mit den Gästen.

Eine von vielen blieb mir in Erinnerung. Eines Tages, nach dem morgigen Programm, kam zu mir eine etwa 60-jährige Frau und fragte burschikos: „was bietest du alles an Massagen an"? Ich gab ihr einen Flyer, sie sah ihn durch, sah mich an und sagte: „mach ich alle, jeden Tag eine"!

Wir sahen uns dann eine Woche lang jeden Tag und nach jeder Massage unterhielten wir uns noch ein bisschen.

Als ihr Abreisetag da war, haben wir uns herzlich verabschiedet, und obwohl wir uns ja nur eine Woche kannten, hatten wir beide Tränen in den Augen. Das ist jetzt 13 Jahre her. Wir haben uns nie mehr gesehen, haben aber heute noch locker telefonischen Kontakt. Finde ich sehr schön.

Robert hat nun auch als Reiseführer angefangen, also richtig, er ist jetzt fest angestellt, die Probewoche hat er locker überstanden.

Frühmorgens fuhr ich ihn zu der Stelle oder dem Ort wo sie, die anderen Kollegen, sich alle getroffen haben.

Dort hat sich immer alles getroffen, Spanier, die zur Arbeit mussten, und auch Deutsche, denn das war ein spanisches Café. Hier wurden die Touren bei einem „Café con Leche" (Kaffee mit Milch - spanisches „National Getränk") verteilt.

Als ich dann Robert abgesetzt habe, ich habe auch immer noch einen Kaffee mitgetrunken, bin ich dann zu meinem Job ins Hotel gefahren.

Abends habe ich Robert dann wieder von dem Bistro abgeholt und wir tranken dort auch wieder gemeinsam einen Kaffee und sind dann nach Hause gefahren. Wichtig ist zu wissen, in Spanien rennt man nicht gleich nach der Arbeit nach Hause, sondern entspannt sich in einem Cafe, plaudert und kommt somit erst mal runter.

Das ist das Leben! Man lebt hier um vieles angenehmer und arbeiten gehen ,macht Spaß, muss man sich wirklich angewöhnen. Stress? Das kennen die Leute hier nicht. Das bisschen Freizeit das man hier hat, das nutzt man für sich.

Zwei Autos konnten wir uns natürlich nicht leisten, war aber kein Problem, wir glaubten, endlich unseren Platz gefunden zu haben! Der neue Job von Robert war für ihn genau das Richtige. Er verdiente zwar nicht viel, aber er bekam, trotz seines Alters, wenigstens noch eine Chance.

In Spanien hat man auch als Älterer noch Möglichkeiten zu arbeiten. Das ist anders als in Deutschland.

Alles war soweit gut, wenn es da nicht das andere Unternehmen gegeben hätte. Quasi zwei Touristenunternehmen, wo man sich ständig gegenseitig „angegriffen" hat. Der Konkurrenzkampf war hier schon sehr extrem und nicht zu vergleichen mit Deutschland. Das machte sich auch in meinem Hotel bemerkbar. Nun war aber erst mal Ruhe eingekehrt und der Alltag war wieder da.

Wenn ich am Wochenende frei hatte, mein Mann aber nicht, habe ich ein paar mal in seiner Firma, als Fahrerin ausgeholfen.

War nicht unbedingt meins, das waren ja Siebensitzer und ich habe noch nie so viele Leute gefahren, die dir auf die Finger sahen, noch nie so ein großes Auto und ich hatte extreme Schwierigkeiten bei Steigungen anzufahren oder den Wagen zu halten. Und hier ist es schon ziemlich bergig, ist eben nicht Berlin und ich war es nicht gewohnt hier zu fahren. Es war für mich nicht einfach.

Robert fuhr vor mir und gab mir die Anweisung, genau hinter ihm und genau in seiner Spur zu fahren, dann konnte nichts passieren, weil die Straßen teilweise so eng waren, dass ich immer dachte, da komm ich nie durch. Und ehrlich, ohne Robert, hätte ich das auch nicht geschafft!

Die ganze Zeit dachte ich nur, hoffentlich merkt das keiner der Gäste wie nervös ich die ganze Zeit war. Und prompt habe ich in einer Kurve in Arta (ein 850 Jahre alter arabischer Ort mit kleinen Gassen und einem alten Nonnenkloster) im Nordosten der Insel, eine Hausecke leicht gestreift! Es war wirklich nur leicht, aber bei mir brach der Schweiß aus. Natürlich hatten das auch die Gäste mitbekommen, aber keiner sagte etwas dazu.

Der nächste Haltepunkt war da und als wir alle ausgestiegen waren, sah sich Robert das Auto an. Er hatte es alles in seinem Rückspiegel gesehen!

Als er mich daraufhin ansprach, was natürlich die Gäste auch mitbekamen, sagten sie alle: „da war nichts, wir haben nichts gehört oder gesehen" und dabei lächelten sie alle mich augenzwinkernd an.

Ich war angenehm berührt und hab mich dann sehr gefreut, denn zu meiner Überraschung bekam ich auch noch das meiste Trinkgeld. Mir war aber irgendwie klar, das war eine Art „Mitleidsbonus", man hatte also doch gemerkt, dass ich nicht regelmäßig die Ausflüge fahre.

Nachdem ich das eine, oder andere mal ausgeholfen hatte, blieb ich doch lieber bei meinem Job. Ich fand das schon bewundernswert was Robert machte, ich meine,nicht nur die Fahrerei, sondern auch was er sich alles über die Insel an Wissen angeeignet hatte!

Immer wenn eine Frage kam die er nicht beantworten konnte, spornte ihn das an, der Sache auf den Grund zu gehen. Er hatte einige Bücher und hier lebende Mallorquiner haben ihm auch so einiges erzählt.

Ab und zu habe ich dann nochmal ausgeholfen, die Autos... zu verstecken. Das machte mich nicht ganz so nervös. Aber, warum verstecken? Ja, das wurde immer schlimmer mit dem anderen Unternehmen.

Einmal war ein Spiegel ab, anderes mal eine Scheibe eingeschlagen, oder Reifen zerstochen. Der Gipfel war, als bei allen Fahrzeugen alle vier Reifen zerstochen waren!!!

So kam es dazu, dass wir abends die Autos versteckten, immer woanders. Aber manchmal wurde es auch am Tag unangenehm. Ich war zufällig dabei, als bei drei Autos von Roberts Firma vor dem Hotel wo die Gäste eingeladen wurden und losfahren sollten, plötzlich vor und hinter unseren Autos das Konkurrenzunternehmen stand, die Straße versperrte und wir kamen nicht vor und zurück!

Nachdem vergeblichen Versuch, mit den Fahrern zu sprechen und eine Einigung zu finden, wurde letztendlich die Polizei gerufen.

Die schon im Wagen sitzenden Gäste mussten alles mitansehen, das war wirklich keine gute Werbung. Die Polizei war fertig, wie auch immer diese Leute sich herausgeredet haben, es konnte weiter gehen, die Autosperre der Konkurrenz war weg.

Als der Ausflug jetzt losgehen sollte, war ja alles geregelt, wollten nun die Gäste nicht mehr, für sie war das alles sehr undurchsichtig und aus ihrer Sicht unkorrekt, sie konnten ja nicht Wissen, was da noch so kommt, denn das machte ihnen Angst!

Nun, das wars dann mit dem Ausflug, genau das hatten die anderen ja auch damit bezweckt!

Gäste raus, kein Ausflug, auf der anderen Straßenseite standen die anderen Fahrer und grinsten sich eins, der Tag war gelaufen. Eine weitere Situation kam einige Tage später, ich hatte schon Angst um Robert! Denn das was da kam, das waren wirklich Mafia Methoden.

Also, Robert und sein Kollege wollten mit zwei Autos zum Treffpunkt fahren. Der Kollege war noch sehr jung und ein bisschen langsam, und außerdem wusste er auch noch nichts von dem „Krieg" zwischen den beiden Unternehmen.

Nun waren beide unterwegs,als Robert ganz weit vorne die Autos der Konkurrenz auf der Straße sah, die sich dort „formatierten", heißt versperrten den Weg, wo man erkennen konnte, dass da keiner mehr durchkam. Zu allem Übel sah Robert, dass die Fahrer in einer Reihe standen und offensichtlich Knüppel in der Hand hielten!!!

Als Robert in den Rückspiegel sah, bemerkte er, da geht auch nichts mehr zurück, das selbe Bild!

Roberts Kollege, der das jetzt auch alles sah, wurde kreidebleich, wie er hinterher allen mitteilte. Da sie sich auf einem schmalen Feldweg nun befanden, gab es eigentlich nur vor oder zurück.

Nach kurzem Überlegen sagte Robert zu seinem Kollegen, die über Handy verbunden waren, er möge genau das tun was er jetzt macht ohne Fragen zu stellen, was er auch tat, erstaunlich. Robert hatte jetzt auch buchstäblich die Schnauze voll! Sie fuhren los, der Kollege hinterher, mit 120 km/h den kleinen Feldweg lang so schnell auf die Autobarriere zu. Kollege „Schnecke" hinterher, hielt auch dem Tempo mit, und später erzählte mir Robert, man konnte gar nicht so schnell schauen, wie die da alle eingestiegen sind in Ihre Autos, nachdem sie ahnten, dass „die nicht anhalten werden" !!! Robert fuhr mit Hupe, Lichthupe und 120 km/h auf die zu!

Und richtig, hört sich gefährlich an, aber er hätte nicht angehalten, denn im Extremfall hatte Robert schon eine Ausweichlücke entdeckt, die er genommen hätte, denn er kannte ja hier alles.

Nachdem sie beide an der „Barriere" vorbei waren, hielten sie,an einer weit genug entfernten, geheimen Stelle an. Nach Rücksprache mit dem Chef, der dauernd informiert wurde, gab er ihnen den Tag frei, weil, Mut hin oder her, beide waren ganz schön geschockt, besonders der neue Kollege!

Kapitel 6

Der erste Winter

Langsam hatte sich alles bei Robert und bei mir eingespielt. Es ging jetzt auf den Winter zu. Auf Mallorca gibt es auch ein Winter, aber nicht so, wie wir es aus Deutschland kannten. Temperaturen gehen runter, bis ungefähr plus 14 Grad! Die Menschen arbeiten weniger, oder gar nicht!!!

Robert fuhr nur noch dreimal die Woche und „mein" Hotel hatte jetzt zwei Monate zu. Das ist hier üblich - Saisonarbeit acht Monate und im Winter für vier Monate nichts. Damals dachten wir, dass wir die einzigen sind die im Winter finanzielle Probleme hatten, erfuhren aber dann, das es der Hälfte der hier lebenden Menschen so geht!

Es gibt hier keinerlei Unterstützung, keine Sozialhilfe, kein Harz 4, kein Kindergeld! Arbeitslosengeld gibt es, aber nur alle zwei Jahre für vier Monate und Schluss! Das ganze auch nur, wenn man gearbeitet hat und eine bestimmte Anzahl an Tage. Fehlt nur ein Tag, dann bekommst du kein Geld.

Und wer überhaupt nicht gearbeitet hat - bekommt auch gar nichts! Soviel zu „Mallorca, das 17. Bundesland". Denkste. Das ist auch mit der Grund, warum soviel Deutsche,so wie sie gekommen sind,auch wieder gehen.

Sozialstaat wie in Deutschland gibt es hier nicht. Im Sommer sieben Tage in der Woche arbeiten, zehn bis zwölf Stunden, kein Tag frei, kein Krank machen; dann ist man sofort weg.Weil damit keiner rechnet und diese dann,die Segel streichen. Die meisten glauben das nicht! Die Spanier kennen es nicht anders, die kommen damit klar, außerdem helfen die sich innerhalb der Familie gegenseitig, ohne jegliche Vorwürfe.

Hier gibt es auch keine Pflege oder Altersheime, das findet alles innerhalb der Familie statt und die Spanier beschweren sich nie und jammern auch nicht. Außerdem sind die Kellner und das Hotelpersonal im Winter hier „die Bauarbeiter, Maler, Dachdecker, Straßenbauer", da im Sommer Baustopp ist - damit die Touristen nicht gestört werden - ist im Winter hier immer viel zu tun.

Nun zurück zu mir, ich habe jetzt acht Wochen frei, außer einige Privatkunden die noch für Massage übrig geblieben sind. Wir hatten ganz wenig Geld, Miete zahlen ging nicht, somit hatten wir uns mit dem Vermieter geeinigt, denn der kannte ja das Winterproblem, wie wir dann erfuhren.

Nun hatten wir aber auch Zeit, endlich mal „unsere" schöne Insel zu erkunden.

Egal wo man entlang lief oder fuhr, man entdeckte einfach an jedem Ort kleine Paradiese, wir kannten schon einiges, aber das war einfach unbeschreiblich.

Wenn wir uns draußen in der freien Natur aufhielten, hatte man alle Probleme vergessen. Trotz der vielen Hotels und Hotelanlagen gab es einfach ganz viel zauberhafte, unberührte Natur, wo der Mensch noch nicht Hand angelegt hat! Einfach eine sehr angenehme Energie, man kann sie regelrecht fühlen.

Und dann sind wir zu einem Ort gefahren, der traumhaft schön war und heute noch ist! Schon auf dem Weg dorthin war es wunderschön sich die Gegend, die Natur, blühende Felder, Orangen und Zitronenbäume anzusehen. Es war der Ort Arta, neun Km von Cala Ratjada entfernt, die „Eremitage de Bethlehem", eine Einsiedelei.

Dort oben, in den Bergen von Arta, 580 Meter, Leben noch fünf echte Eremiten,wovon ich bis dahin noch nie etwas gehört hatte. Es sind Einsiedler, aber keine Mönche, sie gehören auch dem Johanniter Orden an, denn nur wenn es mehr als fünf sind, müssen sie ihr Gelübde ablegen.

Sie sind alles Selbstversorger, haben dort oben in den Bergen auch ihre eigenen Felder die sie bewirtschaften, Ziegen und Schafe.

Die Bewohner von Arta helfen immer kostenlos, als Nächstenliebe, den Eremiten in allen Lagen, weil diese von den Bewohnern verehrt werden.

Weil Robert sich durch die Ausflüge dorthin schlau gemacht hatte, konnte er mir ganz viel darüber erzählen. Es war so still und so schön, dass eine Stunde da oben allen Stress von dir abfallen lässt.

Als wir oben waren, hielt ich inne und sagte zu Robert. „hörst du die Stille?" worauf er mich ansah und sagte kurz „hä"? Dann sagte er, nach kurzem innehalten, „jetzt weiß ich was du meinst". Als wir das erste mal dort oben waren, parkten wir dort auf dem „kleinen Parkplatz", da der Wanderweg dorthin nur zu erlaufen war.

Am Ende des Weges erwartete uns eine zauberhafte Stelle, es war ein riesiger Tisch aus Stein, so eine Art Tafeltisch, eine Steinbank davor und eine Bergquelle, von dem die Eremiten sagen, es ist eine „Heilquelle". Sie fließt dem Berg entlang, vorbei an einem Jahrhunderte alten Baum, runter auf die Felder, die von den Eremiten bewirtschaftet werden. In dem Berg selbst ist eine kleine Ausbuchtung, stehend da drin, eine Madonna und daneben, diverse noch brennende Kerzen.

Das ist sozusagen ein Ort für die Eremiten, die dort jeden Morgen hinkommen, essen und beten. Man muss es einfach sehen, zauberhaft!

Obwohl da keine Autos den kleinen Weg zur Quelle fahren durften, stand dort ein Spanier mit seinem Auto und Anhänger, auf dem Hänger waren leere Wasserkanister und wir sahen, wie er die Kanister in der Quelle füllte.

Wie wir von dem Spanier erfuhren – er sprach ein wenig Deutsch - war das hier üblich und auch wir machten später dasselbe, es war für mich immer ein Erlebnis und etwas Besonderes, wenn es hieß, wir fahren zu den Eremiten Wasser holen. Auch unser Schäferhund, den wir immer mitnahmen, freute sich wenn er sah, dass wir die Kanister in ein Bettbezug legten, er wusste ganz genau wo es hin ging. Aber warum holte man hier oben Wasser aus der Quelle? Robert hat sich immer öfter mit den Eremiten unterhalten und die hatten ihm dann die Geschichte um die Eremitage und der Quelle erzählt.

Das diese wirklich, nach waren Begebenheiten, eine gewisse Heilwasserfunktion hat, denn, es ist alles belegbar (bei den Eremiten) und alle Einwohner rund um Arta kennen und wissen um die Geschichte und holen sich immer Wasser, das sogar einmal die Woche auf dem Wochenmarkt verkauft wird!

Nur, ein Wermutstropfen, da die gesamte Gegend den Eremiten gehört, wollten die nicht die Anerkennung des Heilwassers, damit das alles nicht touristisch überlagert wird. Wir haben dann die gekauften Wasserkanister, wenn sie leer waren, gesammelt und wenn wir genug hatten, ging es los, Wasser holen in Arta. Wenn wir die Serpentinen hochfuhren, hat mir Robert immer wieder etwas erzählt, was er neu entdeckt hat beim Lesen über Mallorca.

Zum Beispiel wachsen auf dem Weg nach oben, der schon allein ein Erlebnis ist, an den Rändern rechts und links alle Kräuter die man sich denken kann, unter anderem diese langen Gräser, die dort Vorort geschnitten wurden, sind die Sonnenschirme die an den Stränden stehen, und so verarbeitet werden.

Am Wegesrand sind unter anderem auch Pfefferbäume - ja, echter Pfeffer – und seitdem ich das weiß sag ich nicht mehr „geh dahin wo der Pfeffer wächst", wenn mich einer ärgert, das ist ja hier auf Mallorca.

Kapitel 7

Weihnachten

Nun kam langsam unser erstes Weihnachten auf Mallorca. Wir hatten nicht mal mehr das Geld, wie in Deutschland, ein schönes Fest auszurichten. Hier in Spanien wird Weihnachten auch etwas anders gefeiert.

Eigentlich ist Weihnachten hier erst am 6. Januar, dadurch gab es hier auch nicht die üblichen Weihnachtssachen wie in Deutschland, keinen Weihnachtsbaum, keine Weihnachtssüßigkeiten, Weihnachtsteller, nichts was wir kennen oder wollten gab es hier. Es gab überhaupt eine ganze Menge nicht was wir kennen, schönes Brot oder Brötchen – die Spanier essen wie die Franzosen Baguette – denn von morgens bis abends bekommst du hier in jedem spanischen Supermarkt oder auf jeder Tankstelle immer frische Baguette.

Hört sich nicht gerade lecker an, frisches Baguette auf der Tankstelle, ja, aber die backen wirklich fast stündlich selber.

Andere Länder, andere Sitten, und sie essen immer ungesalzenes Brot. Das kann man als Deutscher nicht essen, ehrlich. Wir haben es versucht, haben auch Salzbutter dick auf Brot gemacht, aber nada. Nichts für uns!

Zurück zu unserem ersten Weihnachten, Ex-schwiegersohn Heinz sagte uns seinen Besuch an,mit zwei von unseren Enkelkindern. Diesen Besuch werde ich nie vergessen. Heinz sagte damals am Telefon, das wir zusammen das Weihnachtsessen einkaufen ge-hen, worauf ich ihm meinte, dass das aber sehr kläg-lich ausfallen wird, da kein Geld.

Worauf er nur antwortete „mach schon mal ei-nen Einkaufszettel, ich mach das schon"! Ich konnte das nicht wirklich fassen, denn immerhin haben sich Monik – unsere Tochter – und Heinz gerade erst ge-trennt. Also machte ich den Einkaufszettel. Ich gehe und ging noch nie ohne Zettel einkaufen, also gab ich mir Mühe, das es nicht zu teuer wurde.

Nun freuten wir uns natürlich riesig auf unseren Besuch, vor allem auf unsere „Enkelmäuse" Jylie und Jason. Wir fuhren zum Flughafen und holten alle drei ab, voller Vorfreude! Nun waren sie für 10 Tage bei uns. Gleich am nächsten Tag gingen wir alle einkau-fen und Heinz zeigte sich von einer Seite, die wir so noch nicht kannten und schon gar nicht erwartet hätten.

Er sah auf meinen Zettel und meinte nur kurz „und los geht's". Im Supermarkt nahm er mir dann den Zettel aus der Hand und ging ohne Limit einkau-fen! Ich sagte ihm „Heinz, das ist doch zuviel, nimm den Zettel", und er nur kurz „ruhig Mutti, ich mach das gerne".

Heute noch habe ich Tränen in den Augen, wenn ich daran denke! Übrigens, Heinz ist nur sechs Jahre jünger als ich und sagt trotzdem „Mutti" zu mir, fand ich süß! Wir hatten dann mit Heinz und den Enkeln ein wunderschönes und friedliches Weihnachtsfest!

Der Abschied von den Dreien, als sie wieder nach Deutschland mussten, war unendlich traurig! Er hat uns später aus Deutschland noch Päckchen geschickt mit einigen Lebensmitteln und Süßigkeiten, weil er sah wie wir hier lebten. Das hat uns einmal mehr gezeigt, wie man sich freuen kann, auch über Kleinigkeiten!

Ich glaube ganz fest, das wenige Menschen noch wissen, was es heißt sich richtig zu freuen!

Wer nie in so einer Situation war wie wir, kann es sich nicht vorstellen.Das neue Jahr fing ruhig an, ich ging wieder in mein Hotel und Robert hatte, weil Winter, nur einmal die Woche einen Ausflug, aber dazu musste er zweimal in der Woche etwas ganz anderes für seine Firma machen, er musste in die Hotels und auf der Bühne vor den Hotelgästen über seinen Ausflug sprechen und natürlich demzufolge sollten die Urlauber dann auch buchen. Für jede Buchung bekam Robert eine Pauschalsumme.

Ab und an bin ich mitgegangen in die Hotels, habe mich gemütlich dort auch hin gesessen und gespannt Robert zugehört.

Bei dieser Gelegenheit lernte ich einen anderen „Sprecher" kennen, der für einen anderen Ausflug da war und auch buchen musste!

Als wir so ins Gespräch kamen, sagte er, dass er das was ich mache, - Massage, Kompaktjoga und Reiki – ganz spannend fand und sich gerne mit mir treffen würde, um mehr darüber zu erfahren. Er heißt Heiko, ist zehn Jahre jünger, und auf Anhieb haben wir uns verstanden.Eer war ein interessanter Typ,wie ich fand, er lebte schon einige Jahre auf der Insel, dadurch konnte ich von ihm auch sehr viel erfahren. Heiko wurde wie eine Freundin für mich! Ja, das geht zwischen Mann und Frau, obwohl er nicht schwul ist.

Das zweite Jahr

Das zweite Jahr lief relativ gut, wir gingen unserer Arbeit nach und alles machte Spaß.

Jeden Monat bekamen wir nun Besuch von unseren Kindern, für mich war dabei besonders schön das unsere Tochter Monik sehr oft kam und zwar immer dann, wenn sie am Telefon hörte,dass es mir nicht so gut ging, wegen Heimweh und so.

Da kam es schon mal vor dass sie abends anrief und sagte „Morgen früh bitte vom Flughafen abholen, habe eben gebucht", ohne dass wir etwas ahnten und das war dann auch besonders schön. Für uns beide natürlich, auch Papa!

Mittlerweile hat Robert noch ein zweites Hotel für mich klargemacht, das wollte erst mal lose mit mir probieren,aber noch nicht genau sagen,ob und wann wir anfangen. Das war auch gut so, weil ich im Moment täglich in „meinem" Hotel tätig war und ich noch gar nicht wusste, wie ich das dann hinbekommen sollte. Wobei, im Stillen der Gedanke war, erst einmal nur am Wochenende Termine mit dem neuen Hotel zu machen.

Das musste man sehen. Dazu kam, dass das Hotel keinen Massageraum hatte, was bedeuten würde, ich müsste in die Zimmer gehen was auch kein Problem gewesen wäre, im Prinzip hatte ich ja,durch die Massagen auf den Fincas,alles was ich dazu benötigte, - Liege, Handtücher, Ätherische Öle, Mandelöl für Massagen, Radio mit Entspannungsmusik, Kerzen, - bei mir, also eben wie eine mobile Massage aussehen musste!

Dabei war mir aber überhaupt nicht klar, dass die Hotelzimmer,teilweise,ziemlich klein waren und ich ja irgendwie die mobile Massageliege im Zimmer aufstellen und mich immer da herumbewegen musste! Aber im Moment konnte und wollte ich mich auf das eine Hotel konzentrieren.

Die Arbeit morgens im Fitnessraum,ging mir immer besser von der Hand, ich wurde immer sicherer und hatte durch die Gespräche mit den Gästen danach immer mehr Massagetermine.

Zum Glück waren zu der Zeit ungefähr 90% deutsche Gäste, deshalb waren es soviel Massagen, weil die Gäste sich von mir gut verstanden fühlten mit ihren Problemen,was natürlich daran lag, das wir Deutsch sprechen konnten. Wären zu derzeit Spanier da gewesen, ich hätte Schwierigkeiten!

Es lief alles sehr gut, bis ich bemerkte, das die Rezeptionisten in dem Hotel mich nicht sonderlich mochten und mein Gefühl sollte mich,wie immer,nicht täuschen. Irgendwann kam heraus warum. Und ich hatte Recht!

Während ich, als „Ausländerin", immer mehr Massagetermine bekam, waren es für die spanische Masseurin sehr wenige bis keine Aufträge, somit war ich natürlich bei denen unbeliebt. Das erfuhr ich alles erst sehr viel später, auch, dass sie nie viel zu tun hatte.

Tja, ich hab mich eben um die Gäste bemüht und nicht zuletzt durch das morgendliche Programm im Fitnessraum.

Wenn man die Spanierin in den Massageraum gehen sah,zu ihren Kunden, dann sah man sie erst mit wehenden Fahnen rein und nach kurzer Zeit wieder raus.

Ich habe danach immer noch kleine persönliche Gespräche geführt, das hat den Gästen natürlich gefallen, denn es hört ja niemand mehr zu, ich schon! Aber das wurde mir irgendwann zum Verhängnis!

Ich habe dann die Gründe von Heiko erfahren, denn wie sich herausstellte,war er ein enger Freund vom Hotelmanager, was für ein Zufall.

In unserem zu Hause kamen wir auch immer besser zurecht und fühlten uns immer wohler. Stück für Stück lernten wir die Schönheit und das Leben auf Mallorca kennen, jetzt kamen wir ja auch mal zur Ruhe.

Jeden Tag gingen wir auch in ein Bistro,Kaffee trinken, denn ohne ging gar nicht mehr. Immer wenn ich Robert abholte,war als erstes die Bar angesagt und dann erst nach Hause. Das ist hier so üblich, man gewöhnt sich gerne und schnell daran, denn man kommt erst mal runter nach der Arbeit, Entspannung, und dann nach Hause. Mediterrane Lebensqualität eben.

In den spanischen Bars spielt sich immer sehr viel ab, man knüpft hier viel Kontakte, kann sein eigenes Essen – Pausenbrot – mitbringen. Als Frau kannst du alleine dort sitzen, etwas trinken, es kümmert keinen, das ist herrlich. Das musste ich mit meinen 50 Jahren erst mal neu dazu lernen!

Bestellt man sich in einer Bar zum Beispiel einen Schnaps, dann kommt eine ganze Flasche auf den Tisch und abgerechnet wird nach Ansage. Hier sind die ehrlich. Wir trinken zwar keinen, trotzdem finden wir das unheimlich cool.

Unsere Tiere Rexi und unsere Katzen Mikesch und Murmel hatten sich so langsam an alles gewöhnt, auch daran, das sie, die Katzen, nicht mehr raus auf die Straße durften und begnügten sich nun mit dem großen Balkon. Raus lassen wollten wir die Katzen hier nicht, denn die Spanier bremsen nicht für Tiere.

Jeden Morgen, wenn wir zur Arbeit fuhren sah man wieder überfahrene Katzen, manchmal auch einen Hund, das ist traurig aber Tatsache und furchtbar auch deshalb, weil die Einheimischen sogar auf der Straße, das mit Absicht machen.

Wir waren immer traurig und wütend zugleich wenn wir so etwas sahen und das wollten wir mit unseren Katzen nicht riskieren!

Jetzt haben wir auch endlich einen Tierarzt und der ist der Hammer, als Mann und als Tierarzt, auch ein Deutscher und ein paar Jahre älter als mein Mann. Nicht das falsche denken, ich als ältere Frau darf das sagen: >das ist ein toller Typ<.

Nun gut, aber, wie haben wir ihn gefunden? Ganz einfach, in einer mallorquinischen Bar. Nicht ihn persönlich, durch ein Gespräch das wir mit einem Fremden über unseren Schäferhund führten, hörte das der Tischnachbar und mischte sich in unser Gespräch ein.

Das ist hier normal, und er erzählte uns von seinem Tierarzt und seinen eigenen Tieren. Das ist aber zu wenig gesagt, denn er geht nachts los um auf Fincas Hunde zu befreien, die er schon lange beobachtet hat und sich keiner um diese kümmert, die außerdem meistens an der Kette festgebunden sind!

Mit der Zeit hatte er auf seiner Finca so ca. 68 Hunde! Auf die Frage, wie er die Tierarztrechnungen bezahlt,erzählte er von seinem Tierarzt, er sei der Robin Hood für Tiere! Denn wenn die Spanier mit Ihren Pferden kommen >viele Spanier haben Pferde< und dem entsprechenden Geld, dann nimmt er von denen eben etwas mehr ab und bei den „Armen" weniger oder sogar gar nichts!

Denn, seine Devise sei „die Tiere können nichts dafür,wenn Herrchen oder Frauchen kein Geld haben!

Ich weiß nicht wirklich ob man dergleichen in Deutschland findet, obwohl wir auch da einen guten hatten, denn immerhin hatten wir ja mal 5 Katzen und den Schäferhund. Dieser Tierarzt kam zu uns nach Hause und machte uns auch immer einen guten Preis.

Eines Tages,traf ich eine Frau in einer Bar, >wo auch sonst< , und kam mit ihr ins Gespräch was sie denn so macht, was ich mache, dabei kam heraus das sie,wie ich,Reiki -Meister -Lehrer war und sie zusätzlich Diplompsychologin.

Ich hatte mich immer schon für Psychologie interessiert, somit gab das herrliche Gespräche und wir trafen uns immer öfter, bis ich eines Tages hellhörig wurde aufgrund der Fragen die sie mir stellte und ich fing an zu zweifeln, ob sie überhaupt das bzw. die war, was sie vorgab zu sein, außerdem stellte sich für mich unfassbar heraus,dass sie die Person war die meine Stelle von dem Typen bekam,der mich am Anfang veräppelt hat, der also sagte „ich dachte du kommst nicht und habe jetzt eine andere"!

Ja, und nun war sie auch noch seine Partnerin, privat und beruflich. Von da an ließ ich das langsam einschlafen! Mehr oder weniger wegen der Märchen die sie erzählte, eben typisch Mallorca.

Es kann nicht sein, das man sich als Reiki Meiste-rin ausgibt, Seminare leitet und grundlegendes Wissen nicht vorhanden ist! Langsam wurde mir auch klar, das man hier ganz schön vorsichtig sein musste,das war ich so alles nicht gewohnt. Fand ich traurig.

Kapitel 8

Lebensqualität

Die nächste Geschichte zeigte es auch wieder ganz deutlich. Wir waren bei einer Kollegin von Robert zum Geburtstag eingeladen und im Laufe der Feier hörte man das eine oder andere interessante Gespräch. Für uns natürlich noch mehr, weil die anderen Gäste ja schon länger auf der Insel waren,was man so heraus hörte.

Außer, ein junger Mann, der war ganz neu auf der Insel und war ein Paradebeispiel von „veräppelt" werden, natürlich von den eigenen Landsleuten, den Deutschen. Wir hörten also zu was er so erzählte, er hatte,wie wir,schon eine Jobzusage erhalten,mit gleichzeitiger Wohnmöglichkeit, dann kam er hier an mit seinem eigenen Auto aus Deutschland, und die Zusage löste sich in Luft auf.

Ja, man könnte uns alle leichtgläubig nennen, aber man rechnet einfach nicht mit soviel Gemeinheit wie hier an den Tag gelegt wird! OK, heute wissen wir Bescheid, denn hinterher ist man immer schlauer.

Jedenfalls haben Robert und ich uns während seiner Geschichte immer wieder wortlos angeschaut, der Junge tat uns leid, er wohnte nun schon 10 Tage in seinem Auto und hatte mittlerweile kein Geld mehr und wusste auch nicht wie er wieder nach Hause kommt.

Ohne es abzusprechen sagten wir ihm, er könne, bis er weiß wie es weiter geht, bei uns wohnen. Ja, uns ging es jetzt auch noch nicht prickelnd, aber wir konnten den Jungen nicht weiter seinem Schicksal überlassen, denn was uns verwunderte war, dass kein anderer Gast sich angeboten hatte hier zu helfen! Ja ja, jeder ist sich selbst der Nächste.

Er hat dann unser Angebot angenommen und ist mit zu uns, ich weiß noch, das er sein Glück gar nicht fassen konnte.

Herausforderung

Ich wurde nun in meinem Hotel immer mutiger, und dazu gehört zum Beispiel, das ich eine Gruppe Engländer im Fitnessraum hatte, für die ich Entspannungsprogramme zusammenstellen musste.

 Hört sich einfach an, aber ich konnte kein Wort Englisch und die Gäste kein Wort Deutsch, lustig, und nun?

Hab es aber dann ganz gut hinbekommen, eine ganze Stunde lang und am Ende strahlende Gesichter und alle haben sich bedankt. Puh.

Die nächste Herausforderung kam dann etwas später, ich sollte eine Wellnesswoche planen für das Hotel und dann eine Woche für die Gäste dasein, aber unentgeltlich, was blieb mir übrig?
In der Art hatte ich noch nichts gemacht und es fiel mir nicht gerade leicht das zu planen. Wichtig war, das Gäste und Hotel zufrieden sind.

Ich habe dann Joga-Entspannungsübungen, Reiki Kurzbehandlungen und Schnuppermassagen angeboten. Wiedererwarten hat es den Gästen gefallen und das Hotel war sehr zufrieden.
Das machte mich schon stolz und Robert sagte, ich mache mich immer umsonst fertig mit den Nerven, egal was ich mache, er glaubt immer an mich. Ohne ihn würde ich schon manchmal hinschmeißen.

Soviel Verdienst,das wir davon bequem hätten Leben können, war es noch nicht und die Gratiswoche hat uns natürlich gefehlt, und Robert musste ganz schön viel arbeiten,für wenig Geld, aber wir waren beide natürlich sehr froh, überhaupt Arbeit zu haben.

Ihm machte seine Arbeit als Reiseführer sehr viel Spaß, was sich auch in seinem Trinkgeld widerspiegelte, das half uns auch!

Es gibt ein spanisches Sprichwort das bei Robert hundertprozentig stimmte: „ Mutscho Trabacho, poko Dinero" ! Heißt übersetzt: „ viel Arbeiten, wenig Geld" ! Wir haben dann unsere letzten Fitnessgeräte verkauft und sind,in der gemeinsamen freien Zeit ,weiter über die Insel gefahren und haben Massagetermine angenommen, wir hatte ja noch Stammkunden und auch Annoncen in der Mallorca Zeitung.

Von unserem ältesten Sohn Alexander bekamen wir auch noch immer mal wieder etwas Geld geschickt, was ja noch so eine Art Ablöse für das Geschäft war,das wir ihm überlassen hatten!

Es war schon super das er das machte, denn eigentlich hätte er das gar nicht gebraucht, immerhin ist er unser Sohn! Ein letztes Mal haben wir einige Sachen zusammengestellt, die wir bei einem An- und Verkauf verkaufen wollten, >ein letztes mal<, weil, dann hatten wir nichts mehr,was wir sonst verkaufen können!

Stück für Stück fanden wir uns im „System Mallorca" zurecht, zumindest sah es zu der Zeit so aus. Es war eben nicht so leicht, trotzdem, die Insel war so schön, dass man an zurück nach Deutschland nicht dachte. Unser Gefühl sagte uns beiden,dass es richtig war!

Tod und Leid

In diesem Jahr passierten für uns zwei wichtige Geschichten, eine Positive und, wie bei uns üblich, eine Negative! Die Positive, unser damals fünf jähriger Enkel Jason,wollte ganz allein zu Oma und Opa, wir haben dann alles organisiert, wussten bis dahin gar nicht, dass das überhaupt geht, aber siehe da es ging, man zahlte etwas mehr beim Flug, gab nur seine Ausweisnummer an und los gings.

Er kam an wie ein großer, als wenn das völlig normal wäre,das ein fünfjähriger alleine fliegt.

Von der Info am Flughafen wird man ausgerufen, Ausweis zeigen, dann darf man den „Zwerg" mitnehmen, es kann also nichts passieren. Wir hatten eine schöne Zeit und auch hier in Spanien waren die Leute verwundert,das Jason allein hier bei uns war, das kennen die gar nicht.

Als er wieder zurück musste, brachten wir ihn bis zum Gate und warteten bis die Stewardess ihn in Empfang nahm, natürlich mussten wir auch hier wieder etwas Extra zahlen, damit eine ständige Begleitung bei ihm ist.

Lustig war noch mit anzusehen,die Gesichter der anderen Fluggäste,als wir dann wieder zurück gingen vom Gate, die drehten sich um und fragten so in die Runde „der Kleine fliegt aber jetzt nicht alleine, oder?" -

„Doch", entgegneten wir, das hatte die meisten irgendwie schockiert, wenn man so in deren Gesichter sah! War für uns schon lustig und der Kleine hat uns noch lange nachgewunken bis wir ihn nicht mehr sahen! Also, wir waren wohl aufgeregter als er.Unser nächster Besuch war eine meiner damaligen Freundinnen, Rosi mit Mann Marcus. Wir freuten uns schon auf viele schöne Gespräche, hatten uns ja schon lange nicht mehr gesehen.

Rosi und Marcus kamen also an und Robert und Marcus gingen im Flughafen ein Auto mieten; Rosi und ich hatten dann schon mal Zeit für uns, es hört sich komisch an, aber ich hatte ein ungutes Gefühl, konnte es aber nicht richtig einordnen. Das sollte sich dann aber noch dramatisch entwickeln!

Sie hatten nur vier Tage mit uns und wir haben zusammen wunderschöne Ausflüge gemacht, zeigten ihnen die schönsten Seiten der Insel, da war Robert in seinem Element als Reiseführer, der ja die Insel nun sehr gut kannte. Teilweise besser als jeder Mallorquiner selbst, weil die meisten gar nicht aus ihrem Ort herauskommen, und wir hatten natürlich viel zu quatschen.

Die Tage waren viel zu schnell vorüber und wir brachten unsere Freunde nun wieder zum Flughafen.

Gleichzeitig machten wir mit ihnen aus, wie mit allen unseren Besuchern, sie mögen, wenn sie zu Hause angekommen sind, bitte anrufen ob alles gut verlaufen ist. Dann kam der Anruf von Marcus, sie konnten noch gar nicht geflogen sein, und das was er sagte, hörte sich gar nicht gut an.

Sie durften nicht abfliegen und wir möchten bitte zum Flughafen kommen. Dort ließen wir uns alles erzählen: Rosi ging es wohl nicht gut und der Flughafenarzt hatte sie,nach eingehender Untersuchung,nicht fliegen lassen, sondern sofort ins naheliegende Krankenhaus überwiesen.

Ganz genau haben wir nicht erfahren was sie hatte! Wir haben sie natürlich gleich im Krankenhaus besucht! Was wir nicht wussten, das sollte das letzte Mal gewesen sein, das wir sie lebend gesehen haben, denn zwei Tage später war sie gestorben.

Mit 50 Jahren! Wir konnten es nicht glauben! Marcus hatte in der Zeit,in der Rosi im Krankenhaus war hier auf Mallorca eine Wohnung angemietet, weil er ja dachte, sie kommt bald wieder raus und dann sollte sie hier eine Wohnung haben um mich jederzeit besuchen zu können.

Trauer und Beerdigung

Nachdem sich Marcus hier als Resident angemeldet hatte, konnte er sie erst beerdigen. Sie sollte eine Seebestattung bekommen, das hatte Marcus mit seinen Kindern abgesprochen; das Drama durch den überraschenden Tod, Rosi hat fünf Kinder, wovon noch zwei zu Hause lebten,da sie noch minderjährig waren, hat alle umgehauen. Für ihre Kinder war das alles so schlimm, man konnte sie gar nicht mehr beruhigen und trösten. Ihre Mutter besucht eine Freundin auf Mallorca und kommt nicht wieder! Unvorstellbar schmerzlich!

Dann kam noch die Seebestattung dazu und das überbot nochmal alles von Traurigkeit, Beerdigungen sind schon schlimm!

Die Kinder wussten ja, das Rosi und ich uns sehr gut verstanden, deshalb wollten sie auch das ich die Trauerrede schreibe und spreche, und das auch noch auf See, wo ich Seekrank werde und das ganze auch noch auf einem großen Schlauchboot,das sonst die Taucher hier nutzen!

Bevor das aber alles stattfinden konnte, war erst einmal kurzfristig die Urne verschwunden!.....Ja, das geht!

Mein Mann nahm die Sache nun in die Hand und versuchte herauszufinden, wo die Urne geblieben ist!

Marcus war so fertig, der konnte keinen klaren Gedanken mehr fassen. Nach langem hin und her wusste Robert nun endlich wo die Urne sich befindet: eine Mitarbeiterin wollte sie in einer Zweigstelle aufbewahren und hatte sie im Auto. Ja, ich weiß, für uns Deutsche unvorstellbar und noch krasser war,was dann kam.

Weil die Zeit knapp wurde, das Boot gemietet mit dem Kapitän, mussten Robert und ich diese Mitarbeiterin suchen und die Urne holen. Das Bestattungsunternehmen gab ihr telefonisch Bescheid und sie wartete auf einer Tankstelle auf uns,um die Urne zu übergeben!

Nun fuhren wir mit der Urne von Rosi auf dem schnellsten Weg zum Hafen, wo die fünf Kinder und Marcus auf dem Boot angespannt warteten. Das war schon ein seltsames Gefühl mit Rosi´s Urne auf dem Schoß.

Wir kamen gerade noch rechtzeitig an und dann kam aber eine der emotionalsten Beerdigungen die man sich vorstellen kann! Leider, leider hatten wir schon sehr viele Beerdigungen hinter uns. Manche werden jetzt denken, was hat das bitte mit ausgewandert zu tun?

Dazu muss ich sagen, erstens war das jetzt nicht die Normalität wie das alles ab lief, eben anderes Land, zweitens empfindet man ganz anders,wenn du so etwas nicht in deiner Heimat machst!

Wir jedenfalls werden das nie vergessen!

Kapitel 9

Normalität 2004

Das normale Leben ist wieder eingekehrt, in Cala Ratjada hat eine deutsche Bäckerei aufgemacht und wir trafen uns dort jeden Morgen zum Kaffee trinken, bevor wir zur Arbeit gingen. Wir haben uns schon immer darauf gefreut, denn der Tag fing so viel schöner an,als in Deutschland, wo man gleich morgens zur Arbeit „rannte"!

Im Laufe der Zeit freundeten wir uns mit der Kellnerin an, sie hieß Lulu, war fast zur gleichen Zeit wie wir,hierher ausgewandert und somit hatten wir sofort Gesprächsstoff! Wir sind heute noch befreundet, Lulu war und ist herzerfrischend, ein bisschen Gaga aber lieb. Ich glaube, ein wenig Gaga muss man schon sein,wenn man hier lebt, grins.

Das war mal wieder etwas Schönes, denn Lulu und wir verstanden uns auf Anhieb und haben gemeinsam viele Hochs und Tiefs zusammen durchgemacht!

Lulu ist 15 Jahre jünger als ich und wenn man sie traf, musste man immer Lächeln, sie tat einfach gut. Das war mir wichtig eben mal zu erwähnen!

Langsam neigte sich das Jahr 2004 dem Ende zu und es lief alles gut, bis zu meinem Geburtstag im November, da bekam ich ein „besonderes Geschenk".

Es war Saisonende im Tourismusbereich, als ich mein Hotel wieder fragte,wann es weitergeht im nächsten Jahr, also für das Hotel die Saison wieder beginnt, die Hotels machen alle unterschiedlich wieder auf und die letzten immer erst am 1. Mai, sagten die vom Hotel, das ich im nächsten Jahr nicht mehr dabei bin, ich bin raus!!!

Als Antwort auf meine Frage warum, kam nur ein Schulter zucken!

Rums, das hat mir schon mächtig zugesetzt Ich wollte der Sache auf den Grund gehen warum? Hieß das doch für mich von vorne anfangen und für Robert sich weiter auf die Suche machen,nach neuem Hotel!

Dass das nicht so einfach war wussten wir ja schon, und das zweite Hotel,was er ja schon an Land gezogen hatte,meldete sich immer noch nicht. Jedenfalls erzählte ich diese Geschichte Heiko, der ja mit dem Manager des Hotels, was mich gekegelt hatte, befreundet war, und er versprach nachzuforschen!

Als wir uns einige Tage später wieder trafen, erzählte er mir warum das so war, ich war schon furchtbar gespannt! Die spanische Masseurin war mit dem Rezeptionisten befreundet und war darüber sauer, das ich mehr Termine hatte als sie, und daraufhin haben die beschlossen, „ich muss raus!"

Das fand ich schon sehr traurig, aber ich konnte nichts dagegen tun.

Auf Dauer über die Insel fahren für Massage war nicht unbedingt eine Option. Robert tat was er konnte,um ein Hotel an Land zu ziehen, der war genauso geschockt wie ich! Ok, jetzt stand erst mal das zweite Weihnachtsfest auf der Insel an, und ich war nicht glücklich, konnte mich nicht richtig über Weihnachten freuen. Robert sah das natürlich anders, bei ihm ist ja das Glas immer halb voll.

Trotzdem, auch er hatte Saisonende, aber er wusste, seine Firma nahm ihn nächste Saison wieder.

Es war schon sehr gewöhnungsbedürftig immer acht Monate Arbeit und vier Monate nichts, aus diesem Grund,gehen so viel Auswanderer wieder zurück nach Deutschland, ist eben kein Sozialstaat,wie Deutschland! Ein bisschen half uns, dass ich ab und an Reikikurse und Tibeterkurse gab und Robert einige male in seiner Firma arbeiten konnte.

Plötzlich meldete sich das zweite Hotel per Telefon, welches ja schon zugesagt hatte,aber nichts mehr von sich hören ließ, und wollten einen Massagetermin. Das Gute an dem Hotel war, es hatte den Winter durchgehend auf!

Nach dem Anruf vom Hotel hatte ich wieder Hoffnung! Diese Hotelgeschichte war nun ganz anders,als das erste,wo ich ja den ganzen Tag vor Ort war und ein morgendliches Gratisprogramm anbot, das ich ja jetzt hier wohl nicht mehr brauchte.

Aber es war auch klar, das es nun noch zwei oder drei Hotels mehr sein sollten, also zog Robert weiter los,um noch Hotels anzuwerben. Wegen Weihnachten kam ja wieder Heinz mit beiden Enkeln und auch unser ältester Sohn Alexander.

Darauf haben wir uns besonders gefreut! Heinz unterstützte uns abermals mit einem Weihnachtseinkauf, aber in dem neuen Hotel musste ich nun auch an Feiertagen und Wochenenden arbeiten.

Jetzt würde man wieder sagen, Freiberufler ‚Autonom, kann frei machen wann man will, aber das haben Robert und ich sehr schnell kapiert, das geht hier gar nicht und zwar egal ob man angestellt oder selbständig ist, dann bist du hier weg.

Das heißt Arbeit weg, übrigens auch wenn du Krank bist, dann gibt es hier auch keine Unterstützung! Heinz kochte auch die ganzen Weihnachtsgerichte, er kocht übrigens super, und ich machte die ersten Termine in dem neuen Hotel und trotzdem war es ein wunderschönes Weihnachtsfest!

Somit ging das Jahr doch noch positiv zu Ende und das neue Jahr fing gut an!

2005

Robert fing im März wieder voll an zu arbeiten und hatte, was auch sonst, für mich noch ein Hotel in Cala Ratjada für mich gefunden! War natürlich super, weil wir ja hier wohnten.

Auch das Hotel hatte keinen Massageraum und ich ging auch dort immer in die Hotelzimmer, die Gäste waren immer sehr erstaunt,wie ich mit wenigen Handgriffen das Zimmer so umstellte, das die Massageliege aufgestellt werden konnte.

Ich hatte mir angewöhnt, wenn die Tür aufging, so zu tun,als ob ich die Gäste schon lange kannte und ich sagte einfach zu allen DU, was ja für meine Generation nicht üblich war und das viel mir auch anfangs nicht leicht. Es kam aber erstaunlicherweise immer gut an, auch die Gäste hatten ja ein komisches Gefühl, im Ausland jemand fremdes auf ihr Zimmer zu lassen, somit fanden sie mein Auftreten auch gut!

Abgesehen davon, dass wir sehr bald merkten, dass hier auf der Insel sowieso nur geduzt wurde, stellten wir fest, dass man hier kaum einen Nachnamen kannte.

Fühlte sich einfach gut an,als man über die „SIE" Hürde drüber war, wir fanden auch super gut, dass man hier in der Freizeit viel draußen in der Natur herumschwirrte, die wunderschöne Natur Mallorcas genoss, das tat immer der Seele gut!

Es war einfach Klasse, Landschaft genießen, Bars zu besuchen (die Bars sind in Spanien die Cafés oder Bistros!), das entschädigte für vieles. Probleme hin Probleme her, Mallorca ist einfach ein TRAUM, manchmal auch ein „Alptraum", grins! Wir fanden immer mehr wunderschöne Orte auf der Insel!

Immer, wenn wir Besuch hatten, und es war immer viel, haben wir mit jedem eine Inseltour gemacht und alle waren dann immer genauso begeistert,wie wir. Auch wenn man hier schon länger wohnt, man sieht es trotzdem noch, und fühlt diese einzigartige positive Energie.

Wenn man den Kopf voll hatte und man fuhr oder wanderte über die Insel, ging es einem wieder gut. Wir lernten auch viele Leute kennen mit denen wir uns trafen, wurden im Laufe der Zeit immer offener, auch das schreibe ich dieser schönen Insel zu!

Das Leben machte so einfach Spaß und langsam streiften wir Deutschland ab! Wir hatten Situationen mit Menschen, immer öfter, die wir so in Deutschland nicht kannten, positive, das muss man einfach so sagen, auch wenn man das nicht wahrhaben will.

Braucht man hier Hilfe, bekommt man sie auch, ohne Erklärungen abzugeben, sich rechtfertigen müssen, etc. und ohne ein schlechtes Gewissen zu haben. Hier hilft jeder jeden, auch Spanier den Deutschen!

Auch der gewisse Neid ist hier ein Thema, bzw. gar kein Thema. Das gibt es hier nicht, „ich bin mehr, ich habe mehr, mein Haus, mein Auto, mein Boot. Das ist hier vollkommen egal, es ist auch egal, ob dein Auto ne Beule hat oder alt ist, die Beulen werden auch nicht repariert, Autos müssen hier Beulen haben, kein Witz.

Es gibt auch keine Fahrer- oder Unfallflucht, wenn Beule rein gefahren oder Kratzer rein, egal, weiter, es gibt wichtigeres.

Bei kleinen „Unfallschäden" kommt die Polizei erst gar nicht, bei Mietwagen ja, denn der Aufwand ist zu groß und jeder fährt jedem irgendwann ne Beule rein. Aber auch gute Bekannte wurden für uns immer mehr, mit den Kollegen von Robert und Heiko haben wir herrliche Zeiten verbracht, das ist im fremden Land noch wichtiger,als in deiner Heimat, es gibt einem das Gefühl von angekommen!

Eines Tages kam Heiko zu mir und machte mir den Vorschlag, ein Wellnessprogramm auf einer Finca für ein Reiseunternehmen, dessen Manager er schon seit langem kannte, zu entwerfen! Für mich erschien das als unwahrscheinlich, denn so ein großes Touristikunternehmen wollte mich „kleines Würstchen" haben?

Aber Heiko, der inzwischen viel von mir gelernt hatte, von Meditationen über Reiki bis zu den „Fünf Tibeter", sagte, er finde das alles toll und ich solle einfach mal machen. Robert war gleich Feuer und Flamme, also legte ich los.

Ich stellte dann einen Wellnesstag auf einer Finca zusammen und ein zweistündiges Wellnessprogramm in Hotelzimmern, exklusiv für dieses Reiseunternehmen.

Im Zimmer sah das dann so aus, dass ich die Gäste kurz herausschickte und mit ein paar Handgriffen es schön gemacht habe mit Tüchern, Düften, Kerzen, Massageliege, und dann ließ ich die Gäste wieder hereinkommen. Es kam immer ein „Aaaahhh" Effekt von den Gästen!

Jedenfalls fanden es Robert und Heiko super und Heiko reichte das Programm dem Unternehmen ein.

Nach ca. vier Wochen rief mich Heiko an und fragte „und, was denkst du?" na, was sollte ich schon denken, „natürlich nein Danke von dem Unternehmen". Aber dann sprudelte es aus Heiko heraus: „wir haben den Zuschlag erhalten"! Ich dachte ich höre nicht richtig und war ganz aus dem Häuschen, wusste ja noch nicht, was da auf mich zu kam.

Robert, Heiko und ich sprachen dann auch gleich ab, wie wir das alles in die Tat umsetzen, Heiko und ich wollten das zusammen machen, weil außer Massagen, die nur ich machte, konnte ja Heiko auch nicht alles.

Robert musste mich morgens hinfahren und uns beim Aufbau helfen, er braucht ja auch das Auto, und holt mich dann abends wieder ab.

Wenn nicht Termin Finca angesagt war,hatte ich das Auto, denn ich musste ja dann von Hotel zu Hotel. Das bedurfte tatsächlich einer ziemlichen Planung, wir hatten ja alle drei noch andere Jobs! Das war nicht so einfach wie man denken würde.

Dann kamen einige Termine auf der Finca, Heiko und ich verstanden uns super, aber die Zusammenarbeit mit ihm war eine Katastrophe! Es war nach einer sehr kurzen Zeit nicht mehr schön. Aber ich musste das ganze ein Jahr durchhalten, Vertrag war eben Vertrag. Ich machte die Arbeit fast allein und das Geld, dass sowieso schon mal nie pünktlich kam, musste dann auch noch mit ihm geteilt werden!

Als das Jahr zu Ende ging,war ich sehr erleichtert. Denkste, Heiko rief an und sagte „juhu", wir haben den Vertrag um ein weiteres Jahr verlängert bekommen!

Also, ich kann euch nicht sagen, was ich vor Wut hätte machen können, ohne mich zu fragen ob ich überhaupt will. Unsere Freundschaft bekam einen großen Knacks!

Mit meinen zwei Hotels war ich super zufrieden, die Termine liefen gut und plötzlich, ohne unser Zutun, kam ein drittes Hotel dazu, es war ein Partnerhotel von ersten, das mich auch gerne haben wollte.

Ich glaubte zu träumen, am Anfang hatte Robert so viel zu tun, bis mich das erste Hotel überhaupt rein ließ, und nun das!

Mittlerweile hatte ich auch in den verschiedensten Hotels Termine durch das Reiseunternehmen für das Fincaprojekt und somit hatte ich sehr viele verschiedene Hotelzimmer gesehen. Bei der Gelegenheit muss ich sagen, alle sehr sauber, ich kann das gut beurteilen, weil ich ja fast in jedem Zimmer, in jedem Hotel, Betten und Nachttische Schieben muss, um meine Liege aufzustellen.

Nachdem auch das Jahr vorbei war, habe ich natürlich nicht mehr unterschrieben und war sehr erleichtert! Ich hatte ja nun ganz gut zu tun mit den drei Hotels.

Ungefähr zu der Zeit kamen die Eltern einer Reiseleiterin zu Besuch und da die Reiseleiterin mich als Masseurin kannte, wollte sie gerne ihre Eltern von mir bzw. meiner Massage verwöhnen lassen.

Allerdings waren sie nicht in meinen Hotels und in ihrem Hotel,wo sie abgestiegen waren, war ein anderer Masseur beschäftigt und somit durfte ich dort nicht einfach in das Hotel!

Die Reiseleiterin organisierte dann, dass ich hinein durfte. Der Direktor fragte nach, ob ich nicht immer zu ihnen ins Hotel kommen möchte, weil ich ja eine andere Massage mache,als der jetzige Masseur. Ja, das war natürlich ganz nach meinem Geschmack, jetzt waren es vier Hotels.

Der Masseur war sehr sauer und rief mich natürlich sofort bitterböse an, woraufhin ich ihm sagte, das wir doch gut zusammenarbeiten können, da er ja die klassische Massage macht und ich die Ayurvedische, aber das wollte er nicht und war so sauer, das er einfach nicht mehr ins Hotel kam! Ok, war meins, ich war natürlich „sehr traurig", grins.

Ein bisschen schlechtes Gewissen hatte ich schon noch eine gewisse Zeit, weil ich eigentlich nie anderen in die Quere kommen wollte, aber nun war es eben so. Klar war auch, dass die Konkurrenz hier auf der Insel zwischen uns „Ausländern" schon sehr groß ist!

„In Deutschland auch" würde man jetzt sagen, da kann ich nur erwidern, es ist nicht zu vergleichen, denn man kann das erst beurteilen,wenn man hier lebt. Ich hatte nun also vier Hotels und das eine davon war ganzjährig auf.

Diese blöde Geschichte mit der Finca war ich endlich los und mit Heiko wurde die Beziehung langsam wieder besser und so harmonisch wie am Anfang.

Jetzt kamen auch die ersten Kunden zu mir nach Hause,um sich mit Reiki behandeln zu lassen.

Die ersten waren Roberts Kollegen und sein Chef, ein Kellner und seine Frau. Mit allen ergab sich im Laufe der Zeit ein freundliches Verhältnis.

Es war jetzt ein anderes,aber schönes Leben, nach Deutschland hatten wir trotz der Hindernisse,keine Sehnsucht mehr!

Robert ging in seinem Job richtig auf, man konnte es kaum glauben,aber er stotterte so gut wie gar nicht mehr, was für uns ein Beweis war, dass es ihm richtig gut ging. Wir hatten ja schon festgestellt, wenn er psychisch angeschlagen war,durch Stress es immer schlimmer wurde, und hier jetzt so gut wie weg!

In diesem Jahr kamen zwei Freundinnen zu Besuch und waren überrascht, wie gut wir uns hier eingelebt hatten, gehörten sie doch zu denjenigen die immer sagten „ihr kommt ja doch wieder, ihr schafft das nicht"! Denkste. Es ergab sich aber auch, dass sie der Meinung waren, wir hätten uns verändert, wir nicht mehr die sind,die wir waren, die sie kannten.

Vor allem ich, das ist uns natürlich nicht aufgefallen.

Klar, irgendwann gestanden wir uns das auch ein, aber man muss sich vorstellen nicht negativ, eben nicht mehr so oft deutsch denkend, denn man lebte ja langsam mit Leib und Seele spanisch.

Für unsere Freundinnen war das nicht nachvollziehbar, verstehe ich, dazu muss man hier Leben.

Und wir fanden es nicht gerade freundlich,über uns zu urteilen ohne zu wissen, wie das Leben hier ist und was es aus einem macht.

Das fanden wir nicht gerade toll und die Freundschaft schlief dann auch ganz langsam ein!

Auch eine Freundin aus Österreich machte nicht den geringsten Versuch uns zu verstehen. So langsam und so traurig wie es war, schliefen,bis auf zwei,alle Freundschaften ein! Aber es tat sich sehr viel Schönes und neues auf. Auch in dieser Richtung begann ein neuer Abschnitt.

Trotzdem machte sich der Spruch bemerkbar, dass das eine Trennungsinsel ist! Jetzt würde man sagen „wie jetzt"? Diese schöne traumhafte Insel, ja, aber es ist hier einfach hart und man verändert sich, ohne es gleich zu merken.

Übrigens, jemand der hier lange gelebt hat und wieder zurück gegangen ist, hat mal gesagt „Mallorca ist nichts für Weicheier!" Im Sommer zum Beispiel, hat man keine Zeit etwas im Haushalt zu machen,so wie man es aus Deutschland kennt, hier ist es locker aber trotzdem sauber.

Man arbeitet 7 Tage pro Woche in der Saison, also ohne freien Tag, denn man hat ja dann im Winter Zeit, wieder alles auf Vordermann zu bringen, man macht nur zwischendurch husch husch.

Da es bei allen gleich verläuft, regt sich auch keiner auf wenn er zu Besuch kommt, wenn doch...dann bekommt derjenige den Lappen in die Hand! Hi Hi. Außerdem besucht man sich hier nicht so wie in Deutschland zu Hause, sondern man trifft sich immer irgendwo, meistens in der Bar.

Die Spanier feiern übrigens zu 90% die Geburtstage draußen; entweder Garten oder Dachterrasse, ja, hier hat wirklich jedes Haus eine Dachterrasse,wo z.B. gefeiert wird, oder, und das nicht selten, sperrt man ein Stück Straße ab, natürlich mit Genehmigung, Tische und Stühle aufgestellt, Catering machen die Spanier selber, und dann gibt's ein Straßenfest! Ist alles eben lockerer, schöner und entspannter.

Ehrlich, mach das doch mal in Deutschland????
Auch geht die gesamte Familie mit Oma und Opa sehr viel Sonntags Essen, damit auch Mama mal Ruhe hat!

Also, ich kenne das von Deutschland nicht. Ja, ich war früher auch nicht so, aber glaubt mir, 7 Monate ohne freien Tag, denn du musst ja für den Winter mitverdienen und dann hast du keine Lust zu putzen.

Es gibt eben wichtigeres und das war mit ein Grund, warum die beiden Freundinnen so schockiert waren, so kannten sie mich eben nicht!
Heute denk ich leider, dann war das nicht wirklich Freundschaft.

Dazu muss ich aber noch sagen, man musste nicht, wie eben beschrieben, über „Dreck" steigen, im Gegenteil. Aber die sahen das eben anders!

So lief das Jahr vor sich hin und endlich konnten wir mal leckeres Brot essen, denn wir hatten uns eine Brotbackmaschine gekauft und in einem deutschen Drogeriemarkt, der auch einige deutsche Lebensmittel hatte, wie Teewurst - Maggi Soßen – Bratheringe – uvm., gekauft das war ein Traum sag ich Euch, wieder richtig schönes Brot zu essen!

Das kann man natürlich nicht wissen, wenn man überall in Deutschland alles kaufen kann!

Da wir von Touristen immer dieselben Fragen gestellt bekommen, was ja verständlich ist,wenn sie schon mal „echte Auswanderer" vor sich haben, schreibe ich einfach mal ein paar Dinge zum besseren Verständnis.

Ja, es gibt hier auch einen TÜV, heißt hier ITV;

ja, hier ist man auch Krankenversichert;

ja, man bekommt auch spanische Rente,wenn mindestens 6 Jahre hier gearbeitet wurde;

ja, man bekommt die deutsche Rente hierher auf seine (spanische) Bank überwiesen, aber nur, wenn der erste Wohnsitz in Spanien ist, heißt also, in Deutschland keinen Wohnsitz mehr hat,und dann aber zu 100%, also ohne Abzüge! Das ist Gesetz.

Ja, Arbeitslosengeld gibt es hier auch, aber nur, wenn min. 181 Tage gearbeitet wurden!

Heißt aber auch, wenn in 12 Monaten nur 5 Monate, Saisonbedingt, gearbeitet wurde, sind es keine 181 Tage, also kein Arbeitslosengeld. Dann gibt's das erst im nächsten Jahr, wenn die Tage angelaufen sind. Dann aber nur 4 bis 6 Monate, maximal, dann ist Ende. Es gibt keine Unterstützung wie Sozialhilfe, kein Kindergeld, und, wenn man nicht gearbeitet hat, kein Geld!

Ärzte und Praxen sind Autonom, Deutsche, also nicht der spanischen Krankenkasse angeschlossen. Entweder geht man in eine örtliche Krankenstation, hier genannt PAC, oder ins Krankenhaus, denn eines ist wichtig zu erwähnen, das spanische Gesundheitssystem ist hier, nachweislich, das beste Europas, ob man es glauben mag oder nicht. Das hat alles nichts mehr mit früher zu tun! In die Praxen gehen entweder Privatversicherte oder Touristen.

Weiter, hier wächst zum Beispiel alles was man sich vorstellen kann und hier wird immer bei einigen Sorten zwei bis dreimal im Jahr geerntet, Kartoffeln sogar 3-6 mal!! Orangen und Zitronen zweimal, alles sehr groß.

Was lustig ist, das Einkaufen in den Supermärkten wie Lidl, Müller, etc., oder das Autofahren.

Wenn man hier z.B. an der Kasse steht und die Kassiererin hat einen Kunden den sie privat kennt, wird erst mal „geschnattert" und, oh Wunder, es regt sich hier keiner auf, und wenn, ehrlich jetzt, dann sind es Touristen, egal welcher Herkunft.

Wenn man mit seinem Auto mitten auf der Straße stehen bleibt,um nur kurz mit jemanden zu sprechen, regt sich keiner auf, und wenn, ...richtig, ist es ein Tourist! Hupen?? Gibt's nicht.

Abgesehen davon, dass man durch keinen Supermarkt kommt ohne überall jemand zu treffen und sich erst mal kurz zu unterhalten, wobei „kurz" relativ ist!

Am Anfang nicht, aber jetzt wissen wir, wenn irgendetwas repariert werden muss und Robert ruft an und sagt „am Dienstag kommt jemand", gleich meine Frage hinterher „ hast du gefragt welchen Dienstag"? Aber, man gewöhnt sich dran.

So, das sind erst mal die ersten Informationen, weitere folgen am Ende!

Kapitel 10

Freunde und andere Bekannte

Jetzt „gehört" die Insel wieder uns, wir haben Zeit zum Spazieren gehen, es waren auch nur ganz wenige Touristen da, aber wir haben uns immer gefreut wenn es wieder los ging und man hatte wieder Arbeit, wir waren auch wieder froh wenn Saisonende war!

Wenn man jetzt auf der menschenleeren Promenade lang ging, bleibt alle fünf Minuten stehen, schaut in Richtung Meer, hat man immer ein anderes, traumhaftes Bild, traumhafte Klippen, in der Ferne sieht man die Berge, das Meer ist stellenweise so klar, das es Karibikflair hat. Die Sonne lässt alles hell erstrahlen und davon haben wir ja mehr als genug. Wir geben nichts ab!!!

Überall an den Klippen,in den herauswachsenden Büschen liegen die Kätzchen, sie relaxen in den warmen Sonnenstrahlen, auch im „Winter".

Das ist so ein süßes Bild,die Kätzchen sehen alle auch sehr gepflegt aus und gut ernährt, das liegt nicht zuletzt daran, dass viele der Touristen die immer füttern.

Das sind für uns jetzt schöne Zeiten und wir laden dabei unseren Akku wieder auf für die nächste Saison

Nun kam erst mal mein Geburtstag,der uns schon lustig in Erinnerung blieb (das kam uns aber spanisch vor, grins).

In dem Jahr hatten wir Besuch von unserem jüngsten Sohn Roman und unserer Schwiegertochter Briana, die ein befreundetes Pärchen mitbrachten. Unsere Wohnung war allerdings nicht so groß,als das wir für alle eine Schlafmöglichkeit gehabt hätten, also musste ein aufblasbares Bett her, witzig, such mal hier so ein Bett! Wir haben die ganze Insel auf den Kopf gestellt, denkste, kein Bett, so musste unser Sohn eins mitbringen.

Also gut, die Feier konnte losgehen, aber anders als wir dachten, es fiel nämlich ständig der Strom aus und blieb im laufe des Abends ganz weg. War ja nicht so schlimm, wir hatten ja für solche Fälle genug Kerzen (die hat man hier immer in Reserve weil Stromausfälle hier völlig normal sind), jedenfalls ging das aufblasbare Bett nur mit Strom. Hätten wir ja eigentlich auch vorher dran denken können, ups!

Wir haben dann, wenn mal kurz Strom da war, ratenweise das Bett aufgepumpt und waren dann alle begeistert als es endlich fertig war.

Das ganze tat aber der Feier keinen Abbruch.

Anfangs hatten wir die Kerzen immer wieder ausgemacht,wenn der Strom wieder kurz da war, dann haben wir die einfach angelassen. War eben ein Geburtstag der etwas anderen Art!

Diese Stromausfälle bekommt man in den Hotels nicht wirklich mit, weil dort gleich das Notaggregat anspringt, ähnlich wie in Krankenhäusern. Dazu kam unser drittes Weihnachten auf der Insel und unser Ex Schwiegersohn Heinz, die zwei Enkelmäuse und diesmal noch unser ältester Sohn Alexander,kamen zu Besuch.

Ich allerdings hatte gerade Weihnachten viel zu tun in dem Hotel das im Winter offen hatte, die anderen zwei waren ja geschlossen!
Meine „Männer" haben zu Hause alles gemacht, sodass wir dann die gemeinsame Zeit genießen konnten.

*****

2006

Die Insel gehört uns

In diesem Jahr sind wieder einige Sachen passiert die für uns Deutsche schon ungewöhnlich waren. Natürlich kann es auch in Deutschland zu solchen Problemen kommen, aber die Lösungen, die es hier gibt, sind schon untypisch, schließlich haben wir 50 Jahre in Deutschland gelebt und glauben es schon beurteilen zu können!

Für uns beide war in diesem Jahr klar, dass Robert die Firma wechseln muss, wir hatten uns das viel zu lange mit angesehen, nun war aber Schluss! Wir hatten schon mitbekommen, auch von anderen, das man hier gern als Arbeitnehmer auf den Arm genommen wird, also harmlos ausgedrückt, und im übrigen nicht von den Spaniern.

Robert war immer schon ein Mensch der für den Chef gearbeitet hat, immer da war,wenn die Firma rief und das Ganze, obwohl ich ihm schon öfter wegen seiner vielen Arbeit die „Hölle" heiß gemacht hatte.

Aber eben auch, weil ich es schon früher merkte, wenn er ausgenutzt wurde.

Nicht nur, dass er ca. 80 Stunden die Woche für einen Hungerlohn gearbeitet hat, wenn ich sage Hungerlohn dann glaubt mir, denn wenn ich die Summe sagen würde ihr würdet es sowieso nicht glauben.

Nun wurde er das zweite mal ums Wintergeld und Urlaubsgeld betrogen, dazu wichtig zu erwähnen, das es hier ein 13. und 14. Monatsgehalt gibt, also üblich und gesetzlich, weil eben nur 7-8 Monate Arbeit im Jahr!

Heiko hatte sich die Verträge mal angesehen und es stellte sich heraus, dass die Verträge so verfasst wurden, das Robert nicht gerichtlich an die Firma heran kann! Das war nicht toll, aber Robert ließ es sich gefallen, weil er dachte, dass ihm in seinem Alter nichts anderes übrig blieb, denn so leicht würde er keinen Job mehr bekommen.

Aber Heiko bot ihm an, er könne in seiner Firma mitarbeiten! War ähnlich wie die andere, nur das Robert nicht mehr selbst fahren musste, sondern auf einem großen Bus, meistens 52 Sitzer, als Reiseführer tätig wäre und er mehr verdiente und das Ganze auch noch entspannter!

Also, Robert wechselte die Firma und war darüber auch sehr glücklich, immerhin war er ja auch schon 57 Jahre und das ist dann auch nicht gerade selbstverständlich. Hier schon!

113

Spanier arbeiten bis ins hohe Alter, zumindest im Moment, denn die ganz „Alten" müssen das, denn hier gibt es noch nicht solange eine staatliche Rente, erst seit ca.30 Jahren.

Deshalb haben auch viele eine private Rente und weil es soviel sind, werden die auch zu günstigen Konditionen angeboten, damit es sich auch jeder leisten kann!

Meine Arbeit fing langsam wieder in allen vier Hotels an und aufgrund dessen, das ich schon einige Stammkunden hatte, die jetzt auch in den Hotels waren,die ich nicht hatte, sorgten meine Kunden dafür, dass ich zu ihnen in die Hotels durfte und dort massieren konnte. Dadurch lernte ich immer mehr Hotels kennen, was für mich natürlich von Vorteil war.

Bei der Gelegenheit kam ich mit einer Situation in Verbindung die mich schon schockierte, wobei ich hinterher erfahren musste dass das hier üblich ist!
Auf dem Gehsteig vor dem Hotel aus dem ich gerade kam, und nun zum Kaffee trinken ging, lag ein Toter, was mir ein Passant erzählte, wahrscheinlich ein Hitzschlag, denn es war wirklich bis zu 45 Grad.

Nachdem ich noch eine Stunde dann Kaffee trinken ging, lag der Mann immer noch auf dem Gehsteig und niemand war zu sehen, keine Polizei, kein Krankenwagen oder Leichenwagen, nichts!

Am nächsten Tag erfuhr ich durch die Reiseleiterin, das der noch vier (!!!) Stunden dort lag, ich konnte es nicht fassen.

Da die Reiseleiterin schon mit dem Verstorbenen zu tun hatte,erzählte sie mir, dass das auf der Insel völlig normal wäre, niemand durfte den Toten bewegen,bis der Gerichtsmediziner da war, aber auf der ganzen Insel (ca.1 Million Einwohner), es nur zwei gibt, kann man sich vorstellen, dass es länger dauern kann! Kurz erwähnt, einige Jahre später habe ich eine ähnliche Situation am Strand miterlebt, da wurde, nur um den Toten herum, ein Absperrband von der Polizei gespannt.

Das ist schon gewöhnungsbedürftig, aber wer bestimmt schon was richtig oder falsch ist? Hier ist das eben so, beziehungsweise war so. Heute ist das anders, hat sich alles gewandelt, in ein paar Minuten ist jemand an Ort und Stelle und die Leiche wird weggebracht!

Kapitel 11

Abschied

Mir ist schon klar das bei einigen Situationen die ich erzähle manche Menschen denken, „die spinnt, das gibt es doch gar nicht, nicht in Europa", aber glaubt mir, gibt es. In diesem Jahr lief alles gut und wir haben wieder Geschichten erlebt, die schon unüblich waren, also langweilig wurde es bei uns sowieso nie! Und jetzt wieder etwas, was uns schon vom Hocker gehauen hat, aber im positiven!

Auch wenn es bei uns jetzt ganz gut lief, im Geld sind wir nicht geschwommen, und darum war für uns ein kaputtes Auto schon eine mittlere Naturkatastrophe! Ich musste ja schließlich von Hotel zu Hotel fahren und Robert zur Arbeit und wieder abholen. Also keine Termine, kein Geld, klar, da kam der neue Chef von Robert und sagte „ich habe hier ein Auto was ich nicht mehr brauche, das schenke ich euch!

Wir konnten unser Glück kaum fassen, das Auto musste nur durch den TÜV (hier ITV), und dann kam der nächste „Glücksfall gleich hinterher, ohne Mängel, Plakette, Juchhu!

Ein paar Jahre später schenkte uns noch mal unsere Freundin Lulu ein Auto, wobei es bei Lulu und uns immer ein geben und ein nehmen war, schon in den ersten 1 ½ Jahren stellte sich heraus,wie Lulu „gestrickt" war. Ging es uns im ersten Winter nicht gut, lud mich Lulu einfach in Ihr Auto und hielt mit mir am Supermarkt und sagte dann „was braucht ihr?"

Ich dachte, dass ich nur mit ihr für sie einkaufen sollte, aber ich konnte es kaum glauben und eigentlich auch gar nicht annehmen, so etwas hab ich im Leben noch nie erlebt und auch nicht für möglich gehalten!

Wir hatten sowieso Schwierigkeiten mit dem annehmen, auch in Deutschland, wir waren zum Beispiel nie in unserem Leben auf irgendein Amt angewiesen, nicht mal Arbeitsamt, wir sind immer diejenigen, die allen helfen und geholfen haben, was wir übrigens in keinster Weise zurück bekamen. Will damit einfach nur sagen, wenn wir mal Hilfe brauchten ist niemand da gewesen, hier in Spanien schon.

Eine unserer Herausforderungen war, annehmen lernen! Was wir hier auch lernten war Abschied. Also ich finde ja, alles im Leben hat einen Sinn, welchen man auch manches mal erst sehr viel später erkennt! Und hier war eben eine weitere Lernaufgabe −

Abschied!

Warum? Wir bekamen jeden Monat Besuch, von den Kindern, über die Enkel, bis zu Freunden, die sich „Freunde" nannten, meine Mama und meinen ehemaligen Kunden aus Deutschland, diese musste man ja auch immer wieder logischerweise verabschieden, und immer wieder war man natürlich auch traurig, weil eben wieder „Abschied".

Wir sind noch nicht fertig mit dem Lernen, es tut nämlich immer noch weh!

*****

Rexilinchen

In diesem Jahr hatten wir auch große Sorgen um unsere Hündin Rexi, liebevoll von uns genannt „Rexilinchen", und haben dabei feststellen dürfen, dass unser Tierarzt ein „Robin Hood der Tiere" ist, das kannten wir auch noch nicht und wir hatten schon in Deutschland einige Tiere.

Also, Rexilinchen benahm sich seltsam, eben unüblich, sie trank viel zu viel Wasser, sodass wir gar nicht so schnell mit ihr Gassi gehen konnten, wie sie musste. Das haben wir uns 1½ Tage angesehen und sind dann los zum Tierarzt, wo sich dann herausstellte, das sie eine poröse, vereiterte und vergrößerte Gebärmutter hatte, die kurz vorm Durchbruch war, also sofort Not OP!

Der Tierarzt kümmerte sich sofort und operierte, in der Zwischenzeit kam zu der Sorge um unser Wauchen, die ja immerhin schon elf Jahre alt war, die Sorge um die Summe der Kosten, denn wie wir von Freunden hörten, könnten wir mit ca. 800,-€ Rechnen. Diese Summe war natürlich nicht sofort da und ich dachte kleinlaut, ich werde 250,-€ mitnehmen und ihm bitten, den Rest in Raten zahlen zu dürfen!
Jetzt war aber erst mal wichtig, das unsere Rexi die OP überlebt!

Abends rief uns unser Tierarzt an und sagte, das unsere Rexi die OP gut überstanden hat und morgen könnten wir sie abholen. Da fiel uns kein Stein, sondern ein ganzer Felsbrocken vom Herzen! Am nächsten Tag Wauchen abholen, ihr ging es gut, nun kam natürlich die Preisfrage und bevor ich fragen konnte, ob ich den Rest in Raten zahlen könnte, nannte er die Gesamtsumme: 2 5 0 ,--€ ! NEIN...., ich konnte es nicht fassen!
Perfekt. Rexilinchen hatte alles gut überstanden, ich hatte genau diese Summe in der Tasche, eben „Robin Hood für Tiere"!

Dieses Jahr ging nun friedlich und ohne weitere Probleme zu Ende.
Auf ein neues!

119

Kapitel 12

2007 - 2008

Unsere Arbeit lief gut und in diesen Jahren ereigneten sich Sachen, die wir so nicht erwartet hätten. Alexander, unser Ältester, hatte sich entschlossen, nachdem wir am Telefon oft darüber sprachen, auch auszuwandern. Aus irgendeinem, damals noch nicht definierbaren Gefühl, war meine – unsere - Freude darüber verhalten, natürlich haben wir uns darüber auch gefreut, aber....!

Trotzdem kam er nun hier an und bevor er seine Arbeit hatte, wobei wir ihm selbstverständlich halfen, waren wir uns einig, dass er erst mal mit bei uns wohnt.

Wir hätten es wissen müssen, es war der falsche Zeitpunkt, die Saison hatte angefangen und da findet man keine Arbeit mehr, jedenfalls nicht so leicht! Auf dem Bau, wo er hin wollte, war die Saison sozusagen zu Ende, denn laut Gesetz darf nicht mehr gebaut werden,wenn die Saison anfängt, d.h. lautes Gewerk. Ausnahmen gibt es ganz selten, und große Bau Lkw dürfen auch nicht mehr durch die Touristenorte fahren, eben um die Touristen nicht zu belästigen.

Aus dem selben Grund wird auch der Müll hier Nachts abgeholt, so wie auch in Frankreich, damit die Straßen nicht mit den Müllwagen verstopft werden die sowieso schon eng sind und keinen Stau verursachen!

So, Alex war nun da und Robert und er versuchten zusammen einen Job für Ihn zu finden, mittlerweile kannten wir ja alle Leute, jedenfalls die, die man kennen muss. Langsam verzweifelten aber beide, es war nichts zu machen, trotz Kontakten!

Nach vier Monaten gab Alex auf und wollte wieder zurück nach Deutschland.

Ein Jahr später, ich werde es nie vergessen, sagte er bei unseren üblichen, regelmäßigen Telefonaten, er wolle doch wieder hierher kommen, denn in Deutschland lief es auch nicht und Alex war, wie wir auchsowie unsere anderen Kinder, nicht der Typ zum herumsitzen! Ich sagte ihm dann, er solle es sich sehr gut überlegen, denn jetzt wisse er ja was hier los ist.

Dann bekamen wir eine SMS, ob wir ihn wohl nicht hier haben wollten, das hörte sich an als wäre er traurig. Wir sagten ihm dann aber, dass wir uns nur Sorgen machen, doch wenn er unbedingt will, noch einmal den Versuch machen hierher zu kommen, dann bitte!

121

Alex hatte keine Frau und keine Kinder und wir sagten ihm dann, „ du kannst soviel hin und her wandern wie du willst, das ist ganz alleine deine Sache". Also, er kam ein zweites mal nach Mallorca!

Nun machten wir einen anderen Plan wegen seiner Arbeit, eben typisch spanisch vorgehen. In den Bars Kaffee trinken und Kontakte knüpfen! So ist das hier üblich, auch unter den Geschäftsleuten. Also ging er auch los in die nächste Bar,die uns auch sehr bekannt war. Und...prompt kam er mit einem Job nach Hause, er war nun schlicht, aber gut, ein Bauarbeiter, denn er wurde von einer Baufirma eingestellt. IN DER BAR!!

Siehe da, dort, auf dem Bau bzw. durch den Bau, machte er den nächsten wichtigen Kontakt zu einem Superjob als Finca Betreuer! Mit allen dort anfallenden Arbeiten die auf einer Finca anfallen, wurde er betraut, da die deutschen Besitzer nur drei mal im Jahr da sind,um hier Urlaub zu machen. Somit also auch Gärtner, Handwerker, Pool-Man, etc. das war ein Vertrauensposten, da er auch alle Schlüssel hatte.

Alex machte es großen Spaß, war ja auch wichtig, und es war ein Ganzjahresjob! Das ist auf Mallorca Seltenheitswert und wie ein Sechser im Lotto!

*****

Gute vier Wochen später sagte unser jüngster Sohn Roman, ohne das wir das vorher ahnten, er will mit seiner Familie auch zu uns auswandern! Dazu muss man wissen, wir waren immer eine sehr enge Familie und es waren alle drei Kinder geschockt, dass die „Alten abgehauen" sind, denn sonst machen ja so etwas nur immer die Kinder, grins.

Obwohl wir immer wieder gewarnt haben und soweit immer informiert, den Kindern alles von hier erzählt haben, waren sie alle vier im selben Jahr,wie Alex auch hier! Nur Monik, unsere Tochter, war noch nicht da, noch nicht.

Auch die vier die jetzt hier waren, wohnten erst mal bei uns. Wider erwarten hatten Roman und Briana, unsere Schwiegertochter, in kürzester Zeit beide Arbeit, sie wussten ja von uns, das immer beide arbeiten müssen um hier zu überleben.

Beide hatten Saisonarbeit und es gibt nun mal kein Kindergeld, das viel weg,als sie sich in Deutschland abgemeldet hatten. Da sind die Behörden in Deutschland wirklich sehr schnell! Und, wie gesagt, im ersten Jahr gibt es auch kein Arbeitslosengeld, erst nach 12 Monaten!

Nun war Monik endgültig traurig und bekam sogar Depressionen, und auch Jason ging es nicht gut in der Schule. Wir telefonierten viel und da sie eigentlich gar nicht vorhatte auszuwandern, hatte sie sich doch dazu entschlossen, der ganzen Familie hinterher zu wandern!

Das tat sie dann auch ein paar Monate später,mit Mann und den Enkelmäusen! Unglaublich aber wahr, alle wieder zusammen! Unsere Auswanderung war jetzt eine „Familienzusammenführung"!

Derselbe Trubel für uns „Alten" wie in Deutschland und auch wenn es sich komisch anhört, aber wir waren gerade in der Phase, dass wir uns freuen, wenn wir alle beisammen sind, wie die Spanier sowieso, aber wir freuen uns auch, wenn sie wieder alle „Gehen". Denn auch Monik mit Mann und Kindern wohnten erst mal bei uns!

Also Robert und ich waren schon stolz auf uns selbst, denn ohne uns hätten die Kinder es wahrscheinlich nicht so schnell geschafft hier Fuß zu fassen. Andererseits waren wir auf alle drei sehr stolz, dass sie es so schnell geschafft haben,mit ihren Partnern.

Unsere Enkelkinder gingen nun zur Schule, (übrigens, die Kinder gehen hier schon mit 3 Jahren (!!) in die Schule und werden übergangslos jedes Jahr „weitergereicht"),was für die Zwerge nicht gerade einfach war, wegen der Sprache und so, bei den Kindern ging es aber so schnell, das wir begeistert waren, innerhalb einiger Monate konnten die wirklich fließend Spanisch und Mallorquin.

Das Schulsystem ist schon etwas anders,als in Deutschland, der Unterricht beginnt für alle Klassen um 9:00 Uhr und endet gemeinsam um 14:00 Uhr; ich kann mich gut erinnern, dass es für mich mit drei Kindern nicht so einfach war mit der Arbeit, weil jeder unterschiedlich nach Hause kam. Das ist hier ein Vorteil, denn es wird auch an die Eltern gedacht!

Die Schulen sind hier von außen abgeschlossen und umgeben mit hohen Zäunen. Da kommt keiner rüber und die Polizei steht zu Beginn und zum Schluss wie „Schülerlotsen" an der Schule, denn die Hälfte der Kinder wird mit dem Auto zur Schule gefahren, genau vor der Schule abgesetzt, die Straße für andere Autos abgesperrt. Ebenso bei Schulschluss, und es ist sogar erwünscht, das die Autos möglichst nahe der Schule stehen, auch in „zweiter Reihe"!

Übrigens, wenn hier ein Kind, bei Zeugnisvergabe, mit einer eins als Zensur, nach Hause kommt, gibt es großen Ärger, Stubenarrest, usw. ihr werdet fragen warum? Eine eins?! Ist doch gut?! Denkste!! Hier geht's andersrum. Die Noten gehen hier von 1 bis 10, wobei die 10 die beste Note ist und die 1 die Schlechteste!

Ferien sind fasst zur selben Zeit wie in Deutschland, außer die Sommerferien, die gehen nämlich 3 Monate, wegen der großen Hitzeperiode. Aber, es gibt auch eine sogenannte „Sommerschule"! Angeboten wird diese – sie ist freiwillig und nur wer möchte – für ein Kind 120,-€ und für jedes weitere Kind dann nur noch 60,-€ und von 9 bis 16 Uhr, mit Essen.

Vorstellen kann man es sich in Vergleich mit den Pfadfindern in Deutschland (oder überall), denn die Kinder sitzen hier nicht nur in der Schule, sondern sie machen Ausflüge, Inselweit, logischerweise lehrreiche!

Somit hängen die Kinder nicht auf der Straße herum und die Eltern sind in dieser Zeit arbeiten. Auch wichtig, Zeugnisse, bei Vergabe, bekommen die Kinder NICHT in die Hand, dafür wird mit den Eltern ein Termin vereinbart und die müssen dann die Zeugnisse persönlich in der Schule in Empfang nehmen.

Gleichzeitig wird dann mit den Eltern, dem Kind und dem Lehrer besprochen, wie es mit dem Kind steht und was nun passiert. Auch wird beispielsweise vorgeschrieben,was die Kinder an Essen und Trinken (nur Wasser!!) mit zur Schule nehmen müssen und dürfen, das soll Neid verhindern, und einmal die Woche ist ein Obst Tag, das bedeutet das die Kinder Obst mitnehmen müssen! Das finde ich persönlich sehr gut.

Zu Weihnachten bringen die Eltern mit Namen und Adresse versehene, eingepackte, Geschenke in die Schule, und das wird dann von einem LKW abgeholt und am 06.01. des neuen Jahres, da ist in Spanien Weihnachten, kommen die heiligen drei Könige auf Pferden durch alle Straßen geritten, hinter dem LKW, und verteilen die Geschenke an die Kinder, die immer hinter dem LKW mitlaufen.

Sie lassen sich mit den Königen photographieren, natürlich die Eltern auch, die Kinder können mal bei den Königen mit auf das Pferd, und so ist das für die Spanier der absolute Höhepunkt!
Ich denke, das ist ganz interessant zu wissen und hoffe, Euch auch gleichzeitig hier einiges vermittelt zu haben!

So, nun waren alle Kinder hier und vier Enkel, alle hatten Arbeit und die Enkelkinder gingen in die Schule. Die Familie war wieder zusammen und Robert und ich waren auch sehr glücklich!

Wir hatten schon, auch wenn wir es nicht zugeben wollten, ein schlechtes Gewissen als wir ausgewandert sind, ohne sie, ja, so sind Eltern!

Kapitel 13

2009 – 2011

Die Jobs, die alle drei Kinder hatten, waren natürlich nicht ihre Berufe. Hier, wenn man in Spanien Leben möchte, muss man erst mal nehmen was da ist, bzw. was angeboten wird, aber das alles wussten sie ja vorher, denn wir hatten ihnen ja alles gesagt. Sie waren auch alle zufrieden damit und somit auch gleichzeitig auf der schönen Insel!

In diesen Jahren, bzw. innerhalb eines Jahres, sind alle unsere tierischen Lieblinge gestorben; zuerst unsere Hündin „Rexi", dazu meine allerliebste Katze „Murmel" und zum Schluss unser Kater „Mikesch"!

Sie hatten alle drei ein schönes Alter erreicht, „Rexi" wurde 14, „Murmelchen" 17 und „Mikesch" 20 (!!), das ist immer sehr traurig. Wir haben sie dann alle drei an einer Stelle im Wald beerdigt die man sich auch merken kann, das darf man hier übrigens!

*****

Nachdem bei uns arbeitstechnisch alles gut gelaufen war, musste ja wieder mal etwas passieren: von meinen vier Hotels, die ich auch brauchte, hatten zwei die „gute und tolle Idee" nun einen Wellnessbereich in ihre Hotels einzubauen und eine auswärtige Firma rein zunehmen!

Toll, und los war ich sie, die boten mir zwar noch an, als Angestellte für die Firma in dem Hotel weiter zu arbeiten, aber ehrlich, wenn man seit 20 Jahren selbständig ist, kann oder will man nicht mehr als Angestellte arbeiten und sicher wäre das auch nicht, also warum??

Jetzt hatte ich schon Angst und war auch ziemlich enttäuscht, denn wenn ich an unseren Anfang denke, hat das ja fast ein halbes Jahr gedauert, bis endlich das erste Hotel „Ja" sagte, und nun ging das Ganze von vorne los.

Aber, Robert ging nun wieder los und wollte 2 weitere Hotels anwerben, und oh Wunder, innerhalb von einer Woche hatte er 3 (!!!) neue Hotels an der Angel! Es war mittlerweile auch so, dass ich schon innerhalb der Hotelbranche in Cala Ratjada soweit bekannt war, demzufolge auch mein Konzept, und darum ging es dieses mal Ruck zuck und das war auch gut so, denn jetzt hatte Robert auch wieder einen neuen Job.

Das fand ich wirklich witzig, weil er immer wieder veräppelt wurde und der Job als Kellner, wie am Anfang, musste nun wirklich nicht mehr sein! Wir sprachen dann mit dem „Engel von Mallorca", der ehrenamtlich für deutsche Residenten arbeitete. Ein ehemaliger Konsulatsmitarbeiter, seit 20 Jahren mit einer Deutschen verheiratet und war selbst schon in Rente. Wir hatten ihn durch die Freundin, die hier auf Mallorca gestorben ist, kennengelernt.

Dieser Mann hieß Rodriguez, war auch in Deutschland berühmt, denn er wurde 2010 mit dem Bundesverdienstkreuz, überreicht durch den Bundespräsidenten, ausgezeichnet, für seine Hilfe an den Auswanderern und, was wichtig ist, den deutschen Senioren, die hier alleine sind!

Leider ist er 2013 verstorben!! Also, selbiger sagte, Robert kann schon in Frührente – spanische Rente – gehen, denn er war ja nun 60 Jahre, und bekäme bis zu seiner richtigen Rente mit 65 aus Deutschland jetzt hier die kleine spanische Sozialrente. Er hatte hier über 7 Jahre versichertenmäßig gearbeitet und deshalb stand ihm das zu!

Wir entschlossen uns nun dazu, und in kürzester Zeit war hier die Rente durch. Von nun an war auch für mich Entlastung angesagt, weil Robert mich jetzt von Hotel zu Hotel fahren konnte und für mich entfiel die lästige Parkplatzsuche, Koffer und Liege schleppen, eine richtige Erleichterung!

Übrigens, in Rente hieß für Robert „für alle griffbereit zu sein" um zu helfen, die Kinder brauchten ihn immer wieder, „Papa, kannst du mal........", nun war ja „Opa" da, der macht dat schon! Grins... eigentlich war alles wie früher in der Familie, jeder war wieder für jeden da, noch.......

*****

Zwischendurch erholten wir uns auf „unserer Insel", die uns immer wieder Kraft gab wenn es mal nicht so lief.

Wir sitzen nun mit unseren Freunden in einem Cafe an der Promenade, so ziemlich am Ende, weil es dort etwas ruhiger ist, und reden und lassen uns ein Eis schmecken. Dabei schauen wir direkt auf das Meer, sehen die Schiffe in der Ferne und man konnte wunderschön dem Sonnenuntergang sehen und dabei Träumen!

Ich glaube ja, das diese traumhaften Sonnenauf-gänge und Untergänge extra und „Exklusiv" für Mal-lorca gemacht wurden, ätsch....

Weiterhin war es auch so, was ich nie für möglich gehalten hätte, dass Kunden von mir extra her geflo-gen kamen,um bei mir Reiki zu erlernen, die mich schon über meine Massagen kannten und wir uns dr-über unterhielten!

Das musste ich erwähnen, weil ich es einfach schön fand, dass es so gekommen ist. Außerdem ha-ben wir uns auch sehr gefreut, dass die Großeltern von Aaron, dem wir ja am Anfang geholfen hatten, uns so dankbar waren, dass sie von nun an jedes Jahr, wenn sie hier Urlaub machten, immer wieder riesige Geschenke mitbrachten, obwohl es uns peinlich war und wir sagten ihnen, das es jetzt gut ist! Für uns war die Hilfe selbstverständlich, aber sie bestanden im-mer wieder darauf, es wurde eine herzliche Freund-schaft.

Aaron hatte ein paar Jahre hier auf der Insel gear-beitet und ist dann wieder nach Deutschland zurück. Wir halfen dabei natürlich auch hier wieder mit. Wir sind noch bis heute befreundet!

Kapitel 14

2012 – 2015

In diesen Jahren kam auch unser Ex Schwiegersohn hier her, damit die Kinder nicht immer hin- und herfliegen mussten, weil ja unsere Tochter mit neuem Mann und Kindern hier lebt, und der Ex ist der Vater der Kinder.

Aber auch Heinz hat das Leben hier unterschätzt, „...wie die meisten Deutschen die Auswandern! Heinz hat auch in Deutschland immer viel gearbeitet und war nie Arbeitslos. Als er nun hier war und auch verhältnismäßig schnell einen Job hatte, sagte er nach der Saison, „also Mutti, ich bin viel arbeiten gewöhnt, aber 7 Monate, 7 Tage die Woche, tgl. 12- 16 Stunden, das ist richtig Stress"!

Das hat er auch nur zwei Jahre mitgemacht, wie auch die meisten Auswanderer, und ging wieder zurück nach Deutschland. Das ist eben auch Mallorca, nicht immer alles rosig wie: „da arbeiten wo andere Urlaub machen; weniger arbeiten wollen; mehr Geld haben! Ist nicht, das Gegenteil ist der Fall, hier wird mehr gearbeitet,als man sich das denkt.

Unsere Jungs hatten eine gute Idee und machten gemeinsam eine Bar auf; war vermeintlich gut, sie waren nicht nur Brüder, sondern auch gute Freunde, aber.......bei diesem Projekt haben sie sich völlig zerstritten! Woraufhin unser Ältester auch wieder zurück nach Deutschland ging, ein Grund von vielen war natürlich ein richtiger Streit!

Ein anderer war, Alex hat hier seine Traumfrau kennengelernt, sie haben dann sehr schnell auch ein Baby bekommen und mit Kindern ist Deutschland, da machen wir uns natürlich nichts vor, schon finanziell sicherer!

Wir, besonders ich, waren darüber unendlich traurig, nicht nur über das weggehen, sondern auch der Streit,tat uns beiden ziemlich weh! Interessant war, dass er auf die spanische Insel kam,um eine Deutsche kennen zu lernen, die 12 Jahre hier lebte.

Das heißt, um seine Traumfrau zu finden,musste er erst mal „ Auswandern"! Grins. Alles im Leben hat eben einen Sinn.

Zwei Jahre später trennten sich unser Jüngster Sohn Roman und Briana, zum gefühlten 100ten mal, aber diesesmal ging Roman nach Deutschland zurück! AUCH !

Und es war klar, was sollte Briana ohne Roman auf der Insel, also...klar, ging sie auch mit den Kindern wieder zurück!

Das war für uns ein Tiefschlag, wir hatten sie gern, wie unsere eigene Tochter, für uns war das alles sehr traurig.

Nun war nur noch unsere Tochter mit Mann und Kindern hier. Tja, war ja auch alles zu schön um wahr zu bleiben. Monik sitzt hier so fest im Sattel, ich glaube, die bleibt hier. Das passiert überall, aber hier ist es schon sehr deutlich, man bekommt es hier hautnah mit, eben Trennungsinsel!

Als Alex wieder nach Deutschland ging, nahmen wir zwei für uns eine kleine Wohnung direkt am Hafen, und weil wir keine Tiere mehr hatten, ohne Balkon. Wir sind im Sommer kaum zu Hause, wegen arbeiten, und in den Pausen in den Bars draußen sitzend, also brauchten wir keinen Balkon.

Doch dann entschieden wir uns doch noch mal für einen Hund, aber es sollte ein kleiner sein, und dann kam unser „Puffel", den man im Müll gefunden hat! Man stelle sich vor, einfach entsorgt wie Müll!! Wir hatten so einen Hund noch nie gesehen. Kurz erklärt, als wir mit Alex zusammen wohnten, hatte er einen Hund gerettet, der Tag und Nacht draußen an der Kette hing und war erst 8 Monate alt.

Da wir zusammen wohnten, war es ja auch irgendwie unser Hund, nämlich ein Labrador, wir liebten ihn. Als wir uns nun entschlossen hatten einen Hund zu holen, wir gesagt klein, dachten wir sofort auf keinen Fall einen Dackel. Warum?? Keine Ahnung.

Und jetzt kommt´s, wir trauten unseren Augen nicht, als der Tierschutzverein sagte was es für ein Hund sei: ein Mischling zwischen „Labrador und Dackel", wir glaubten es kaum! Wir haben dann beschlossen, das ist ein „Dackel, der sich als Labrador verkleidet hat", damit wir ihn ja mitnehmen. Haben wir auch!

So, nun hatten wir keinen Balkon, aber wir wohnten ja im Erdgeschoss, hatten ziemlich große Fenster mit Fensterbank und wenn wir zu Hause waren, er kam mit uns logischerweise immer mit dem Auto mit, saß oder lag er auf der Fensterbank.

Es gehen hier sehr viel Touristen täglich vorbei, nee, jetzt nicht mehr, die bleiben erst mal stehen, fotografieren unseren „Puffel" - so heißt er - streicheln und bringen Leckerli. Egal wer vorbeikommt, er macht Wackelschwänzchen und schmeißt sich hin zum Bauchkraulen. Die meisten haben so einen Hund noch nie gesehen und schon gar nicht auf einer Fensterbank.

Und auch unsere Nachbarn, alle Spanier, lieben ihn. Und, wenn ihr mehr über unseren Puffel erfahren möchtet und sehen wollt, wie er aussieht, dann seid bereit, denn mein nächstes Buch „Ich heiße Puffel und komme aus der Mülltonne" mit vielen Bildern ist in arbeit und erscheint auch in Kürze!

*****

Als wir am Anfang darüber nachdachten wohin wir auswandern, war ja auch Gran Canaria im Gespräch. Nun waren wir zweimal für vier Wochen in Urlaub auf Gran Canaria, seit dem wir auf Mallorca wohnen, und haben festgestellt, wir haben alles richtig gemacht, es war zwar schön dort, aber nur zum Urlaub machen, aber zum dort wohnen wäre nichts gewesen, es ist viel zu eintönig, „Landschaftlich"!

Vielleicht dachten wir das aber auch nur, weil wir von der Schönheit Mallorcas verwöhnt waren, bzw. sind. Es war alles richtig! Es gibt landschaftlich nichts auf Mallorca, was es nicht gibt, hier findet sich alles. Für uns ist es die schönste Insel überhaupt, und dadurch, das ich mit vielen Gästen,die hier Urlaub machen und sich massieren lassen, rede, kann ich sagen, dass mir noch keiner begegnet ist,der das Gegenteil behauptete.

Weil es mit den Massagen besser läuft als wir dachten, hatte ich mit sehr vielen Gästen gesprochen und jeder ist von Mallorca begeistert und erstaunt, dass Mallorca nicht nur der „Ballermann" ist. Im Laufe der Jahre haben wir durch unsere Massage ganz viele liebe Freundschaften geschlossen und mittlerweile besuchen sie uns auch privat!

Jedes Jahr im Januar findet ein Fest statt – hier gibt es im übrigen dauernd Feste – zu Ehren des heiligen „Sant Antoni", da werden an der Kirche alle Tiere gesegnet die dort vorgestellt werden.

Hunde, Katzen, Vögel, Maus, Pferde, eben wirklich alle, die fahren dann mit geschmückten Wagen durch die Straßen, die Spanier singen und werfen Bonbons in das Volk, bis sie an der Kirche ankommen. Die Spanier mit ihren Pferden immer hinter den Wagen her, das ist immer wunderbar anzusehen.

Zwei Jahre später war es für uns noch besser, weil unsere Enkelkinder dort mit geritten sind, man muss sich vorstellen, die drei Mädels, alle blond, im Alter von 13,14,15 Jahren auf den großen Pferden zwischen den dunklen Spaniern, wirklich phantastisch. Das durften die Kinder auch, denn sie waren in der Freizeit immer auf der Pferderanch und da lernten sie das Reiten und sie waren so gut, das sie auf dem größten Fest dann mitreiten durften!

Wir waren schon ziemlich stolz auf die Mädels, sie haben dann auch wieder das nächste Fest im Mai mitreiten dürfen, das ist hier das Ritterfest, herum um die Burg Capdepera. Die Burg Capdepera ist die allererste Burg Mallorcas und demzufolge auch die Älteste! Das muss man gesehen haben! Alles ist mittelalterlich ausgestattet und ausgerichtet, auch unsere Enkel und die Pferde. Wirklich alle haben Ritterkleidung an, man fühlt sich zurückversetzt ins Mittelalter!

Mallorca

Mit niemanden auf der Welt möchten wir diesen Wohnsitz tauschen! Wir sind angekommen, auch wenn man es für Blödsinn hält, ich habe tatsächlich in spanisch geträumt, und irgendjemand hat mal gesagt, dann bist du angekommen!

Natürlich muss man durchhalten und nicht gleich wieder alles hinwerfen und wenn man das Verstanden hat und weiß wie „Mallorca geht", wird man eigentlich täglich von dieser schönen Insel belohnt.

Auch, wenn man hier schon lange lebt, man sieht es immer noch, man riecht es, diese tolle Insel, man spürt die Energie, irgendwann merkst du, du bist verliebt in die Insel, in Mallorca. Wir sind es!

Wir würden es immer wieder machen, aber mit dem Wissen von heute und nicht die Fehler machen wie vor 13 Jahren.

Es gäbe noch viele Kleinigkeiten zu Erzählen, aber ich denke, es gibt euch einen kleinen Einblick in unsere Auswanderung.

Vielleicht sieht man sich mal ....auf Mallorca !

Viva Mallorca

Auswanderungs-Tipps:

- ➤ Nie in der Saison des jeweiligen Landes, in Spanien beste Zeit zum Auswandern ist Oktober-März

- ➤ Ausreichend finanzielles Polster für mindestens 12 Monate

- ➤ Vorher Job Angebote checken, möglichst schon mit Vertrag

- ➤ Steuernummer (NIE) beantragen; nötig für alle Verträge

- ➤ Als Auswanderer wird man Resident und muss die RESIDENCIA beantragen

Termine macht man Online; aber auf der sicheren Seite ist man mit einem Steuerbüro (hier Gestoria), für ca. 150-200 € erledigen die alle Formalitäten mit allen Behörden. Die kann man auch von Deutschland aus konsultieren, via Internet oder Telefon, die meisten sprechen Deutsch

- ➢ Empfehlung: bitte nicht auf Onlineportale hören, 10 Portale, 10 Meinungen, da hier alle paar Monate die Gesetzesregeln geändert werden.

- ➢ Wohnung anmieten, auch von Oktober – März, sonst keine Chance

- ➢ Nie Landsleuten 100% Vertrauen, es gibt keine „Freunde"

- ➢ Verträge immer checken lassen,da alles auf spanisch, nie gleich unterschreiben, wenn angestellt, darauf achten immer Saison vertrag mind. 181 Tage

- ➢ als Selbständiger bedenken, Genehmigungen dauern bis zu 6 Monaten

- ➢ nie einen Stundenlohn unter 10 € akzeptieren

- ➢ wenn der Arbeitgeber am Ende der Saison keine Abfindung zahlt (ist hier Gesetz) sofort Anzeige, zeigt immer Wirkung, wir bestraft mit Gefängnis

- ➢ Als Arbeitnehmer hat man Anspruch auf ein zweites Juli Gehalt und Dezember, falls Jahresvertrag, auch Gesetz!

- ➢ Bitte daran gewöhnen, Arbeitszeit immer über 10 Stunden, in der Gastronomie gibt es selten freie Tage, dafür nur 6 Monatsverträge.

Und, kleine Hinweise am Schluss:

- ➢ TÜV – gibt's hier auch, heißt ITV
- ➢ Krankenkasse – ja, in Spanien ist das beste Gesundheitssystem Europas; kein Witz, nachzulesen
- ➢ Rente – gibt's, wenn 6 Jahre gearbeitet, wird an deutsche Rente zusätzlich gezahlt
- ➢ Deutsche Rentner bekommen die Rente hierher zu 100%, ohne Abzug
- ➢ Als Rentner ist man voll Krankenversichert, mit der spanischen Rente, ohne Zuzahlung
- ➢ KFZ Steuern – im Jahr ca. 120,-€, je nach Region
- ➢ Mieten, für eine 1- Zimmerwohnung schon ab 300,--€

Für weitere Hilfe: alles über Facebook, da sind viele Gruppen nur für Mallorca, damit Ihr nichts falsch macht!

Kapitel 15

2018

Wie ging es weiter mit uns??

Und immer noch kommt für uns ein zurück nach
Deutschland keine Option.

Nachdem wir 12 Jahre nicht mehr in Deutschland
waren, war es für uns sehr spannend, nun unsere
„wieder zurückgewanderten Kinder" zu besuchen.
Schön waren unsere Kinderbesuche, aber wir beide haben uns auf unser Zuhause (Mallorca!) gefreut, denn Deutschland ist nicht mehr unsere Heimat, nur unser Geburtsland; tut uns leid, das hier
so krass sagen zu müssen!

Ich muss nun noch 1 Jahr als Masseurin Arbeiten
und dann bin ich auch Rentnerin. Man weiß ja nie,
was kommt, aber im Moment sieht es so aus, dass
wir hier auf Mallorca begraben werden.
Also die Jungs sind mit Familie wieder zurück und
Tochter mit Mann und Kindern sind hiergeblieben.
Unsere Enkeltochter, die hier lebt, hat nun schon

seit einem Jahr einen Spanier als Freund, was ziemlich ernst aussieht!
Damit hätten wir den ersten Spanier in der Familie und das finden wir ganz süß.

Ich erzählte doch auch kurz von unserem „Ex Schwiegersohn", der wegen der Kinder auch hierher zog, dann wieder zurückgewandert nach Deutschland. Da blieb er nur 1 Jahr, denn nach großer Enttäuschung dort kam er nocheinmal zurück nach Mallorca und die Kinder haben sich riesig gefreut.
Leider ist er in diesem Jahr im Alter von 57 Jahren plötzlich gestorben!
Nun ist er für immer auf Mallorca, wie er es sich wünschte, eben nur anders.

Für die Kinder besonders tragisch mit 16 + 18 Jahren sollte man doch nicht seinen Vater verlieren!

******

Zum Thema „Tipps und Ratschläge" über Gesetz und Auswanderung nach Mallorca möchte ich ergänzen, dass Ihr Euch mit. Google + Facebook bitte auf den neuesten Stand bringt.

Das vorab von mir Geschriebene ist soweit noch korrekt, aber hier auf Mallorca ist alles schnelllebig mit. Veränderung und Gesetzesregeln in jeglicher Hinsicht.

Fazit:

Uns geht es gut, wir lieben immer noch „unsere Insel Mallorca" und haben alles richtig gemacht mit.

Karin Hübner

Karin Hübner ist am 11.11.1953 in Lübeck geboren, in Borna aufgewachsen und 1972 in Berlin geheiratet.

Sie haben zusammen 3 Kinder und 7 Enkel.

In Berlin war sie 20 Jahre selbständig mit einer Wäscherei. 2003 ist sie mit ihrem Mann nach Mallorca ausgewandert. Dort arbeitete sie erfolgreich als Dipl. Ayurveda Masseurin in zahlreichen Hotels und hat jetzt begonnen Bücher zu schreiben.

Weitere Werke der Autorin:

ISBN: 978-3745028201
Auch als e-Book

"Puffel"
von der Mülltonne auf die Fensterbank.
>Ein Hund erzählt seine Geschichte<

Jetzt als Neuauflage erhältlich unter dem Titel:
>Der Hundehimmel muss noch warten<

Neuauflage>>>>

Der Dachboden und sein Geheimnis
ISBN-:978-3741898198

FSC

www.fsc.org

MIX

Papier aus ver-
antwortungsvollen
Quellen
Paper from
responsible sources

FSC® C105338